Reihe Hanser 264
Dylan Thomas
Porträt des Künstlers als junger Dachs

Dylan Thomas war noch kaum durch Gedichte bekannt, als von der Zeitschrift »New English Weekly« die Erzählung des Vierundzwanzigjährigen »Besuch beim Großvater« veröffentlicht wurde. Ihr folgten bald noch andere und sie brachten ihm zum ersten Mal eine größere Leserschaft. Aus diesen Erzählungen entstand das Buch »Porträt des Künstlers als junger Dachs«. Dylan Thomas' einzigartige Fähigkeit zu humorvoller Menschenschilderung, die dann sein Spiel für Stimmen »Unter dem Milchwald« weltberühmt machen sollte, ist hier schon zu erkennen.
Dylan Thomas erzählt seine ungebärdigen Abenteuer als Schuljunge und junger Reporter in Wales bevor er nach London ging. Die Schilderungen der kauzigen Menschen aus seiner Umgebung, des Lebens auf den einsamen Höfen und in den Kneipen der kleinen Städte, der weiten Landschaften und des Meeres, der Stimmungen, Freuden und Ängste der heranwachsenden Jungen, gesehen aus der Perspektive eben dieser »jungen Dachse«, gehören zu den schönsten Jugendschilderungen der Weltliteratur. »Kein Dichter hat je das Morgenlicht so vollkommen dargestellt wie er; seine Phantasie veränderte nur ganz leicht, was es für Dylan Thomas bedeutete, ein Kind, ein Schuljunge und ein heranwachsender Mann zu sein.« (Time and Tide)

Dylan Thomas wurde 1914 in einem kleinen walisischen Dorf geboren. Mit 19 Jahren veröffentlichte er seine ersten Gedichte. Er war Mitarbeiter vieler Zeitschriften und vor allem des BBC, wo 1953 »Unter dem Milchwald« uraufgeführt wurde. Er starb kurz danach auf einer Vortragsreise in New York und liegt in Laugharne in Wales begraben.

Doris Leupold, Mai 82

Dylan Thomas
Porträt des Künstlers als junger Dachs

Deutsch von Friedrich Polakovics

Hanser Verlag

Titel der Originalausgabe:
Portrait of the Artist as a Young Dog

Reihe Hanser 264
ISBN 3-446-12628-7

Umschlag Klaus Detjen
Gesamtherstellung: Appl, Wemding
Printed in Germany

Inhalt

Die Pfirsiche

Der grasgrüne Wagen mit der wackelig gemalten Aufschrift ›J. Jones, Gorsehill‹ kam in der mit Kopfsteinen gepflasterten Durchfahrt zwischen den beiden Wirtshäusern ›Zum Hasenfuß‹ und ›Zum Guten Tropfen‹ zum Stehen. Der Aprilabend ging zu Ende. Onkel Jim, in seinem Anzug, den er beim Trödler gekauft hatte, im weißen, gestärkten, jedoch kragenlosen Hemd, in Schuhen, die vor Neuheit knarrten und mit einer karierten Kappe, stieg über den ächzenden Wagentritt auf den festen Boden. Er zerrte einen bauchigen Weidenkorb unter einem Haufen Stroh in der Wagenecke hervor und schwang ihn sich auf die Schulter. Ich vernahm ein Gequiek aus dem Korb und sah, während Onkel Jim die Gastzimmertür zum ›Guten Tropfen‹ aufstieß, die Spitze eines Schwänzchens sich hervorringeln.

»Es dauert nur zwei Minuten«, sagte er zu mir. Der Ausschank war voll; zwei fette Weiber in grellen Kleidern saßen an der Tür, die eine von ihnen hatte ein kleines dunkelhaariges Kind auf dem Knie; sie bemerkten Onkel Jim und rückten hinauf auf ihrer Bank.

»Bin gleich wieder da«, sagte er schroff, als hätt' ich ihm widersprochen. »Du bleibst inzwischen still!«

Das Weibsbild ohne das Kind hob die Hände. »Oh, Mr. Jones«, sagte sie unter schrillem Auflachen. Es schüttelte sie wie einen Pudding.

Dann fiel die Tür zu und die Stimmen wurden für mich unverständlich.

Ich saß allein auf der Wagendeichsel in der engen Passage und starrte durch das Seitenfenster der Schenke ›Zum Hasenfuß‹. Eine fleckige Blende war bis zur Hälfte heruntergezogen. Ich konnte in ein halbiertes, verräuchertes Nebenzimmer blicken, in dem vier Männer Karten spielten. Der eine von ihnen war groß und von dunkler Hautfarbe, mit wegstehendem

Schnurrbart und einer Schmachtlocke in der Stirn; neben ihm saß ein hagerer, kahler, bleicher alter Kerl, der beständig an seinen Wangen kaute; die Gesichter der beiden übrigen waren im Schatten. Doch alle vier tranken aus braunen Halbliterkrügen, schweigsam ein jeder, die Karten auf den Tisch knallend, Streichhölzer anreißend, aus den Pfeifen paffend, ab und zu einen achtlosen Schluck tuend, die messingne Tischglocke läutend und mit einem Fingerschnalzen Bier nachbestellend bei einem mürrischen Weib in geblümter Bluse und Männerkappe.

Die Durchfahrt verdüsterte sich allzu rasch, die Mauern rückten zusammen und die Dächer krochen tiefer herab. Für mich, der ich da verschüchtert aus einem finsteren Torweg in einer fremden Stadt durch das Fenster starrte, wurde der dunkle Kerl dort drinnen zu einem Riesen in einem rauchdurchwölkten Käfig, und der kahlköpfige schrumpfte zusammen zu einem schwarzen Buckel mit bleicher Kuppe; zwei weiße Hände mit unkenntlichen Karten schossen immer wieder aus der Ecke hervor. Ein Mann auf Gummisohlen und mit einem zweischneidigen Messer konnte sich schon im nächsten Moment aus der Union Street auf mich stürzen.

Ich rief »Onkel Jim, Onkel Jim!«, aber nur leise, damit ein solcher Unhold mich nicht höre.

Dann fing ich an, durch die Zähne zu pfeifen, doch als ich aufhörte, vermeinte ich, den zischenden Laut hinter mir weiterzischen zu hören. Ich kletterte von der Wagendeichsel und trat nahe an das halbverhängte Fenster; eine Hand fuhr scheibenaufwärts und umkrallte die Zugschnur der Blende; bei dem engen Abstand zwischen mir auf den Kopfsteinen und den Kartenspielern am Tisch war's mir nicht möglich zu sagen, ob die Hand sich längs der Außen- oder Innenseite der Scheibe bewegte und die Blende langsam herabzog. Ein flekkiges Geviert schnitt mich jetzt aus der Nacht. Eine Geschichte, die ich mir in der warmen, behüteten Insel meines Betts ausgedacht hatte, während draußen vorm Haus der mitternächtig schläfrige Swansea plätschernd die Mauern umrauschte, fiel plötzlich über mich auf das Kopfsteinpflaster. Der Dämon aus jener Geschichte kam mir in den Sinn, der mit seinen Flügeln und Krallen sich mir fledermausgleich ins Haar gehängt hatte, damals als ich durch ganz Wales hinauf- und hinuntergeirrt war, hinter einem hochgewachsnen, gescheiten, goldenen, königlichen Mädchen aus dem Swansea Convent. Ich versuchte, mich ihres wahren Namens zu entsinnen, ihrer wohlgeformten, langen, schwarzbestrumpften Beine, ihres Gekichers und ihrer papierenen Lockenwickel, aber die kralligen Schwingen zerrten an mir, und des Mädchens Augen- und Haarfarbe verschwamm und schwand wie das Grasgrün des Wagens, der nunmehr ein düsterer, grauer Berg war zwischen den Mauern der engen Gasse.

Und alle die Zeit über stand die alte, breite, namenlose, geduldige Stute da ohne sich zu regen, ohne ein einziges Mal auf das Pflaster zu stampfen oder an den Zügeln zu zerren. Ich nannte sie ein gutes Mädchen und stellte mich auf die Zehen, um das Tier an den Ohren zu kraulen, als die Tür zum ›Guten Tropfen‹ aufschwang, und das warme Lampenlicht der Wirtsstube mich blendete und meine Geschichte verbrannte. Nicht länger fürchtete ich mich, nur Ärger empfand ich und Hunger. Die beiden fetten Weiber an der Tür sagten unter schrillem Gelächter »Gute Nacht, Mr. Jones«, begleitet von dem vielfältigen Lärm und den appetitlichen Gerüchen der Gaststube. Das Kind lag jetzt zusammengekuschelt unter der Bank. Onkel Jim küßte jedes der beiden Weiber auf den Mund.

»Gute Nacht.«

»Gute Nacht.«

»Gute Nacht.«

Dann war die Durchfahrt finster wie zuvor.

Er drängte die Stute zurück in die Union Street, indem er sich seitlich gegen sie stemmte, wobei er ihre Beharrlichkeit verfluchte und sie auf die Nüstern klapste. Dann kletterten wir alle zwei auf den Wagen.

»Zu viele besoffne Weibsstücke da drin«, sagte der Onkel,

während wir ratternd durch die Stadt rollten, die von flakkerndem Laternenlicht erhellt war.
Den ganzen Weg nach Gorsehill sang er mit herzhaftem Baß Kirchenlieder und schwang die Peitsche wie einen Taktstock durch den Wind. Er hatte es nicht nötig, die Zügel anzufassen. Einmal nur auf der holprigen Straße, zwischen den sperrigen Hecken, die sich der Stute ins Geschirr hakten und uns die Kappen von den Köpfen fegten, hielten wir auf ein gerauntes »Brr« an, damit der Onkel seine Pfeife anzünden und die Finsternis in feurige Helle verwandeln konnte, und ich sah dabei sein langes, rotes betrunkenes Fuchsgesicht mit dem beiderseits sich sträubenden Schnurrbart und der rinnenden, empfindlichen Nase. Ein weißgetünchtes Haus, wo noch Licht in einer Schlafkammer brannte, schimmerte über ein Feld von einer niedrigen Anhöhe jenseits der Straße herüber.
»Nur immer mit der Ruhe, altes Mädchen«, raunte der Onkel dem Pferd zu, wiewohl es ganz reglos dastand, und sagte dann über die Schulter zu mir mit unerwartet lauter Stimme: »Da drüben hat mal ein Henker gewohnt.«
Er stampfte gegen die Deichsel, und wir ratterten weiter durch den schneidenden Wind. Den Onkel schauderte es, er zog sich die Kappe über die Ohren; aber die Stute vor uns war wie eine trottende, plumpe Statue, und alle Dämonen aus meinen Geschichten, wären sie nebenhergetrottet oder hätten sie sich zusammengerottet und ihr in die Augen gegrinst, hätten ihr kein Kopfschütteln, keine schnellere Gangart abzunötigen vermocht.
»Hätt' er nur die Mrs. Jesus gehenkt«, sagte der Onkel.
In den Pausen zwischen seinen Kirchenliedern fluchte er walisisch auf das Pferd ein. Das weiße Haus lag hinter uns, die Anhöhe war von der Finsternis aufgeschluckt.
»Jetzt wohnt niemand mehr dort«, sagte der Onkel.
Wir fuhren in den Hof des Bauerngutes von Gorsehill ein, wo es vom Kopfsteinpflaster widerhallte, und die nachtschwarzen, leeren Stallungen nahmen den Hall dröhnend auf, so daß

wir einfuhren in einen Umkreis hohltönender Finsternis, und die Stute ward zum hohlen Zugtier, und nichts Lebendiges war in dem hohlen Haus am Ende des Hofes – nichts als zwei Stecken mit ausgehöhlten Kürbisgesichtern obenauf.
»Lauf zu und sag Annie Bescheid«, sagte der Onkel. »Dann gibt's heiße Brühe und Erdäpfel dazu!«
Er führte die hohle, zottige Stute in Richtung der Stallungen – klapp, klapp, klapp, und hinein in die Mäusebehausung. Ich hörte, als ich auf die Tür des Wohngebäudes zueilte, den Riegel scheppern . . .
Die Hausfront glich der einen Hälfte eines schwarzen Schädels, und das gewölbte Eingangstor war das lauschende Ohr. Ich stieß das Tor auf und trat aus dem Wind in den Vorraum. Mir war, als käm' ich aus durchwanderter, hohler, windiger Nacht durch eine riesige senkrechte Muschel ans Ufer eines Binnensees. Dann tat eine Tür sich am Ende des Vorraumes auf; ich sah die Teller in den Regalen, die brennende Lampe auf dem langen, wachstuchbedeckten Tisch, den handgestickten Spruch überm Kamin, ›Sei immerdar bereit – Gott ruft zu jeder Zeit‹, ich sah die grinsenden Porzellanhunde, die braunfleckige Holzbank, die Standuhr – und lief in die Küche, geradewegs in Annies Arme.
Das war vielleicht eine Begrüßung! Die Uhr schlug eben Zwölf, als Annie mich küßte, und ich stand in all dem Aufheben und Uhrenschlagen wie ein Märchenprinz, der im Begriff ist, seine Verkleidung fallenzulassen. Vor einer Minute noch war ich ganz klein und frosterstarrt gewesen, hatte mich zu Tode erschrocken einen schwarzen Gang entlanggestohlen in meinem steifen, besten Anzug, mit einem Pochen im hohlen Bauch und einem Herzen, das einer Zeitbombe glich; krampfhaft meine Schülermütze umklammernd, mir selber ein Fremder, ein stupsnasiger Geschichtenerfinder, verirrt in den eigenen Abenteuern und voll Heimweh nach dem vertrauten Zuhause; doch schon in der nächsten Minute war ich ein königlicher Neffe in flotter, städtischer Kleidung, umarmt und willkommen geheißen, im behaglichen Zentrum meiner

Geschichten stehend und dem Stundenschlag lauschend, der meinen Eintritt verkündete. Eilfertig drängte Annie mich auf den Sitz neben dem höhlenhaften Kamin und zog mir die Schuhe aus. Und die strahlenden Lampen und die zeremoniösen Gongschläge leuchteten und tönten nur für mich.
Sie bereitete mir ein Senfbad und starken Tee, hieß mich ein Paar Socken meines Vetters Gwilym anziehen sowie einen alten Rock des Onkels, der nach Hase und Tabak roch. Sie war geschäftig wie eine Gluckhenne und nickte mir wieder und wieder zu, und während sie mir Butterbrote zurechtschnitt, erzählte sie, daß Gwilym noch immer studiere, um ein Geistlicher zu werden, und daß Tante Rach Morgan, die schon neunzig Jahre auf dem Buckel habe, über eine Sense gestolpert und auf den Bauch gefallen sei.
Dann trat Onkel Jim herein wie der Leibhaftige in Person, mit hochrotem Gesicht, rinnender Nase und zitternden, haarigen Händen. Sein Gang war reichlich unbeholfen. Er taumelte gegen die Anrichte und brachte die Teller zum Klirren, und eine dürre Katze schoß, von seinem Stiefel getroffen, hinter der Sitzecke hervor. Der Onkel wirkte fast zweimal so groß wie Annie. Er hätte sie gut und gern unter seinen Rock nehmen und im Gehen unversehens darunter hervorziehen können: eine kleine, braunhäutige, zahnlose, krummrückige Frau mit gebrochener, im Singsang redender Stimme.
»Du hätt'st ihn nicht so lang im Freien warten lassen sollen«, sagte sie, ärgerlich und ängstlich zugleich.
Er ließ sich in seinen Lieblingssessel fallen, diesen brüchigen Thron eines zugrundegerichteten Barden, zündete sich die Pfeife an, streckte die Beine von sich und paffte Wolken gegen die Zimmerdecke.
»Auf den Tod hätt' er sich erkälten können«, sagte sie.
Sie redete hinter seinem Kopf, während der Onkel sich in Wolken hüllte. Die Katze schlich an ihren alten Platz zurück. Ich saß am Tisch vor dem leergegessenen Teller und fand ein leeres Fläschchen sowie eine weiße Kugel in den Taschen meines Rockes.

»Und jetzt marsch ins Bett mit dir, und sei ein braver Junge«, raunte Annie mir zu.

»Darf ich noch einen Blick auf die kleinen Schweinchen werfen?«

»Morgen früh, mein Lieber«, sagte sie.

So wünschte ich meinem Onkel Jim eine gute Nacht, der sich nach mir herumdrehte, grinste und mir durch den Pfeifenrauch zuzwinkerte, und ich gab Annie einen Kuß und zündete meine Kerze an.

»Gute Nacht.«

»Gute Nacht.«

»Gute Nacht.«

Dann tappte ich die Treppe hinauf; jede Stufe tönte anders. Das Haus roch nach moderndem Holz und Feuchtigkeit und Tieren. Mir wollte scheinen, ich hätte mein Leben lang feuchte Gänge durchschritten und Treppen erstiegen, mutterseelenallein. Vor Gwilyms Tür, auf dem zugigen Treppenabsatz, blieb ich stehen.

»Gute Nacht!«

Die Kerzenflamme flackerte in meiner Schlafkammer, wo eine Lampe ganz klein gedreht brannte und die Vorhänge sich bauschten; das Wasser im Glas auf dem runden Tisch zu Seiten des Bettes schien über die Ränder zu schwappen, als die Tür ins Schloß fiel. Und draußen, unterm Fenster, strömte ein Fluß und schwappte nachtlang gegen das Haus, bis ich eingeschlafen war.

»Darf ich jetzt hinunter und die kleinen Schweinchen sehen?« fragte ich Gwilym am Morgen. Die hohle Angst des Hauses war gewichen, und während ich die Treppe hinunterhüpfte zum Frühstück, atmete ich den Wohlgeruch des Holzes und des frischen Frühlingsgrases und die Luft des stillen, unaufgeräumten Hofplatzes mit seinem baufälligen, schmutzigweißen Kuhstall und den anderen offenen Stallungen.

Gwilym war ein hochaufgeschossener junger Mann gegen die Zwanzig mit einem Körper wie eine Hopfenstange und einem Gesicht von der Form eines Spatenblatts. Man hätte den Garten mit ihm umgraben können. Seine Stimme war tief, schnappte aber um, sobald er in Erregung geriet, und er pflegte vor sich hin zu singen, bald schrill und bald im Baß, beides im nämlichen ernsten Kirchenchorton, ja er schrieb solche Hymnen für sich selber in der Scheune. Auch erzählte er mir Geschichten über Mädchen, die aus Liebeskummer sterben gewollt. »Und dann legte sie einen Strick um den Baum, aber der war zu kurz«, sagte er. »Sie stieß sich das Federmesser in die Brust, aber das war zu stumpf.« So saßen wir an jenem Tag beisammen auf den Strohhaufen im Dämmerlicht des verfallenden Stalles. Dann drehte er sich zu mir herüber, kam ganz nahe, hob den langen Finger, und das Stroh knisterte dazu.

»In den eisigen Fluß ist sie gesprungen, jawohl, hineingesprungen ist sie«, raunte er mir ins Ohr, »Hals über Kopf hinein und, Teufel auch, da war sie hin!« Er quietschte wie eine Fledermaus.

Die Schweineställe befanden sich am hinteren Ende des Hofes. Wir gingen hinüber, Gwilym ganz in geistlichem Schwarz, wiewohl es ein gewöhnlicher Werktagsmorgen war, und ich in einem Serge-Anzug mit geflicktem Hosenboden, an drei Hennen vorbei, die zwischen den verschmutzten Pflastersteinen scharrten, und an einem einäugigen Collie, der offenen Auges schlief. Die baufälligen Nebengebäude hatten eingesunkne, verrottete Dächer, ihre Wände hatten rissige Löcher, zerfallende Fensterläden und abblätternden Putz; verrostete Schrauben ragten aus den baumelnden, sich werfenden Brettern; die magere Katze von gestern abend kauerte behaglich zwischen den scharfen Flaschenscherben, säuberte sich das Gesicht, ganz oben auf dem Abfallhaufen, der sich pyramidenförmig bis zum First des zerlöcherten Wagenschuppens türmte und einen süßlich beißenden Geruch verströmte. In der gesamten dreckigen Grafschaft gab es keinen vergleichbaren Hof, keinen, der so armselig und so schmutzig und doch so großartig gewesen wäre wie dieses Geviert voll

Mist und Abfällen, voll vermorschtem Holz und bröckelndem Gemäuer, wo ein Eimer voll alter, bekleckerter Hennen im Schlamm herumscharrten und winzige Eier legten. Eine Ente quakte im Futtertrog eines der leeren Schweineställe. Und da standen nun ein junger Mann und ein kraushaariger Knabe und streckten die Köpfe über eine Wand, schnüffelnd und hinunterstarrend auf eine Muttersau, an deren Zitzen, inmitten des Unrats, die Ferkel sich festgesaugt hatten.

»Wieviele sind es denn?«

»Fünf. Das Dreckvieh hat eines aufgefressen«, sagte Gwilym.

Wir zählten sie, während sie zappelnd sich krümmten und, bald auf dem Rücken, bald auf dem Bauch, sich an ihrer Mutter balgten. Aber es waren nur vier. Wir zählten sie nochmals. Vier. Vier nackte, rosa emporgeringelte Ferkelschwänzchen, während die Köpfe sich gierig in die vor Schmerz und Lust grunzende Muttersau bohrten.

»Sie muß noch ein zweites gefressen haben«, sagte ich, hob einen Kratzstock auf, stieß damit die grunzende Sau an und strich ihr die verkrusteten Borsten nach hinten. »Oder ein Fuchs ist über die Wand gesprungen«, sagte ich.

»Es war weder die Sau noch der Fuchs«, versetzte Gwilym. »Es war Vater.«

Ich hatte den Onkel vor Augen, wie er, groß und verstohlen und rotgesichtig, das zappelnde Ferkelchen in den zwei haarigen Händen hielt, die Zähne in die zarten Schenkel schlug und sich knirschend ein um das andere Schweinsfüßchen einverleibte. Über die Stallbrüstung sah ich ihn gelehnt, und die Ferkelfüßchen standen ihm zum Maul heraus. »Hat Onkel Jim das Schweinchen gefressen?«

Und im nämlichen Augenblick stand er hinter dem verrotteten Schuppen, knietief in Hühnerfedern, und biß den flatternden Hennen bei lebendigem Leibe die Köpfe ab.

»Er hat's verkauft, um sich besaufen zu können«, sagte Gwilym in abgrundtief vorwurfsvollem Raunen und starrte zum

Himmel. »Letzte Weihnachten trug er ein Schaf auf der Schulter weg und war danach zehn Tage lang nicht mehr nüchtern vom Dünnbier.«

Die Muttersau wälzte sich näher zum Kratzstock, und ihre saugenden Kleinen, plötzlich in der Düsternis begraben, strampelten unter dem zitzenbesetzten und fettschweren Leib.

»Komm und schau dir meine Kapelle an«, sagte Gwilym. Er dachte nicht länger an das fehlende Ferkel und fing an, von all den Städten zu erzählen, die er auf einer geistlichen Wanderung kennengelernt hatte: von Neath und Bridgend und Bristol und Newport mit ihren Seen und üppigen Gartenanlagen, ihren glanzvollen, von buntem Leben erfüllten Straßen, brodelnd von Versuchung. Wir verließen den Schweinestall und die enttäuschte Muttersau.

»Scharenweise hab' ich leichte Weiber gehabt«, sagte er.

Gwilyms Kapelle war die letzte alte Scheune, schon am Rand des zum Fluß abfallenden Feldes; sie war ein gutes Stück über dem Hofgeviert auf einem schmutzigen Hügel errichtet. Es gab da eine noch intakte, mit einem massiven Vorlegeschloß versehene Tür, aber beiderseits waren die Wände so schadhaft, daß man ohne Schwierigkeit ins Innere gelangen konnte. Gwilym brachte einen Bund Schlüssel zum Vorschein, schüttelte ihn sachte und probierte dann Schlüssel für Schlüssel. »Prima Ware«, sagte er. »Hab' sie beim Trödler in Carmarthen gekauft.« Wir krochen dann durch eine der schadhaften Wände in die Kapelle.

Ein verstaubter, vierrädriger Wagen mit überstrichenem Namen und seitlich aufgemaltem Kreuz aus weißer Tünche stand in der Mitte. »Mein Kanzelkarren«, sagte Gwilym und stieg feierlich über die gebrochene Deichsel hinauf. »Du setzt dich da aufs Heu, aber paß auf wegen der Mäuse«, sagte er. Danach schraubte er seine Stimme wieder so tief wie möglich und rief den Himmel an und das fledermausbehängte und spinnwebhäutige Dachgebälk: »Segne uns diesen heiligen Tag, o Herr, halt Deine Hand über mich und Dylan und diese Deine kleine Kapelle für und für, Amen. Ich hab' an ihr eine Menge Verbesserungen vorgenommen.«

Ich saß auf dem Heu und starrte auf den predigenden Gwilym und lauschte seiner bald anschwellenden, bald sich überschlagenden und zu fast tonlosem Geflüster absinkenden Stimme. In Gesang brach sie aus, wechselte zum Walisischen, tönte triumphierend, steigerte sich bis zu wildem Grimm und endete in Sanftmut. Durch eine schadhafte Stelle schien die Sonne auf des Predigers Schulter, dieweil er fortfuhr: »O Herr, allgegenwärtig bist Du in jedwedem Augenblick, bist im Tautropfen des Morgens, in der Kühle des Abends, bist auf dem Felde und in der Stadt, bist im Prediger wie im Sünder, im Sperling und im gewaltigen Bussard. Alles und jedes liegt offen vor Deinem Blick, und wär' es im tiefsten Grunde unseres Herzens; Du kannst uns sehen, wenn die Sonne nicht mehr scheint, kannst uns sehen auch wenn die Sterne verhüllt sind in der tiefsten Finsternis und im tiefen, tiefen Bergwerkstollen; Du kannst uns sehen, beobachten und überwachen im engsten und dunklen Winkel, auf der weiten Cowboy-Prärie, unter den Decken wenn wir schnarchen und in den furchtbaren Finsternissen, so schwarz wie Pech; Du kannst alles sehen, was wir tun, in der Nacht und bei Tage, bei Tag und in der Nacht. Du kannst uns sehen immerfort. O Herr, Du bist wie eine verdammte Katze!«

Er ließ die zum Beten gefalteten Hände fallen. Die Kapelle in der Scheune war nun ganz still und vom streifigen Sonnenlicht durchzogen. Niemand war da, Halleluja zu rufen oder Segne uns, o Herr. Ich war zu klein, zu sehr gebannt von der Stille. Draußen quakte die eine Ente.

»Und jetzt die Kollekte«, sagte Gwilym.

Er stieg vom Wagen, tastete in dem Heu darunter herum und hielt mir eine zerbeulte Blechdose entgegen.

»Was Besseres hab' ich nicht«, sagte er.

Ich warf zwei Pennies in die Dose.

»Zeit zum Mittagessen«, sagte er, und wir gingen wortlos zum Wohnhaus zurück.

Nach dem Essen sagte Annie: »Zieh für heute Nachmittag deinen guten Anzug an, den mit den Streifen!«
Es sollte nämlich ein ganz besonderer Nachmittag werden, denn mein bester Freund, Jack Williams aus Swansea, kam mit seiner reichen Mutter im Automobil zu uns heraus, und Jack sollte mit mir zusammen zwei Wochen Ferien verbringen.
»Wo ist Onkel Jim?«
»Er ist zum Markt gefahren«, sagte Annie.
Gwilym quietschte wie ein kleines Schwein. Wir wußten, wo der Onkel war; er hockte jetzt in einem Wirtshaus, eine Schlampe am Hals, aus den Taschen lugten ihm zwei Ferkelköpfchen hervor und seine Lippen waren naß vom Stierblut.
»Ist Mrs. Williams sehr reich?« fragte Gwilym.
Ich sagte ihm, sie besitze drei Automobile und zwei Häuser, aber das war gelogen. »Sie ist die reichste Frau in ganz Wales, und einmal war sie sogar Frau Bürgermeister«, sagte ich noch. »Werden wir den Tee in der Guten Stube nehmen?«
Annie nickte. »Und eine große Dose Pfirsiche«, sagte sie.
»Diese alte Dose steht schon seit Weihnachten im Speiseschrank«, sagte Gwilym. »Mutter hat sie aufbewahrt für einen besonderen Tag wie den heutigen.«
»Es sind herrliche Pfirsiche«, sagte Annie. Dann ging sie hinauf, ihren Sonntagsstaat anzulegen.
In der Guten Stube roch es nach Mottenkugeln, nach Pelzwerk, nach Feuchtigkeit, abgestorbnen Pflanzen und stickiger, abgestandener Luft. Zwei Glasbehälter auf hölzernen, sargähnlichen Kästen standen an der Fensterwand. Zwischen den Beinen eines ausgestopften Fuchses hindurch und über einen Rebhuhnkopf hinweg, längs der rotfleckig verschossenen Brust einer stocksteifen Wildente bot sich ein Ausblick auf den unkrautüberwucherten Küchengarten. Ein Kasten mit Porzellan, Zinngeschirr, Schmucksachen, allerlei Krimskrams, Zähnen und vererbten Broschen stand jenseits des ovalen Tisches. Auf dem aus farbigen Stoff-Flecken genähten

Tischtuch war eine große Petroleumlampe, dann eine Bibel mit Schließe, eine hohe Vase mit einer in Schleier gehüllten Frau darauf, die im Begriff stand ein Bad zu nehmen, sowie eine gerahmte Photographie von Annie, Onkel Jim und Gwilym, die vor einem Topf Farnkraut lächelten. Auf dem Kaminsims standen zwei Uhren, mehrere Hunde, Messingleuchter, eine Hirtin, eine Männerfigur im Kilt sowie eine kolorierte Photographie von Annie mit hochfrisiertem Haar und hervorquellenden Brüsten. Um den Tisch und in jeder Zimmerecke standen Stühle, in gerader oder geschwungener Form, manche waren fleckig, aber alle gepolstert und mit Spitzendeckchen über den Lehnen. Ein geflicktes weißes Leintuch bedeckte das Harmonium gleich einem Bahrtuch. Die Feuerstelle war voll von Messingzangen, Schaufeln und Schüreisen. Die Gute Stube wurde fast nie benutzt. Einmal die Woche machte Annie darin Ordnung mit Abstauben, Bürsten und Polieren, aber vom Teppich stieg noch immer eine graue Wolke auf, sobald man darauftrat, und sogar auf den Sitzflächen der Stühle lag eine feine Staubschicht, und die Ritzen des Sofas waren mit Baumwollknäueln, allerlei Schmutz, schwarzem Zeug sowie langem, schwarzem Roßhaar verstopft. Ich blies übers Glas, um mir die Bilder anzusehen: Gwilym und Schlösser und weidendes Vieh.
»Geh jetzt und zieh dich um«, befahl Gwilym.
Ich aber wollte mein altes Zeug anbehalten, um wie ein echter Bauernjunge auszusehen, mit Kuhdreck in den Schuhen, den ich quatschen hören wollte wenn ich ging, um zu sehen, wie eine Kuh kalbt und wie der Stier die Kuh bespringt, um in die Schlucht hinunterzurennen und die Strümpfe durchzuweichen, um draußen zu brüllen »So komm schon, du Dreckvieh –«, um nach den Hennen mit Steinen zu werfen und echt bäurische Reden zu führen. Aber ich ging hinauf, um meinen gestreiften Anzug anzulegen.
Von meiner Schlafkammer aus vernahm ich das Geknatter eines Automobils, das in den Hof einfuhr. Das waren Jack Williams und seine Mutter.

»Sie sind da, in einem Daimler!« schrie Gwilym vom unteren Treppenende herauf, und ich hastete hinunter, sie zu begrüßen, mit noch nicht gebundener Krawatte und ungekämmtem Haar.

Eben sagte Annie an der Tür: »Wünsch' einen schönen Nachmittag, Mrs. Williams, guten Abend. Nur herein, nur immer herein, 's ist ein herrlicher Tag, Mrs. Williams. Haben Sie eine gute Fahrt gehabt? Hier hinein, Mrs. Williams, Achtung, Stufe!«

Annie trug ein schwarzes, schimmerndes Kleid, das nach Mottenkugeln roch wie die Schutzkappen der Stühle in der Guten Stube; sie hatte vergessen, ihre löchrigen, über und über beschmutzten Turnschuhe gegen andere zu tauschen. Geschäftig hastete sie vor Mrs. Williams den steinbelegten Gang einher, den Kopf nach allen Seiten wendend wie eine Glucke, zappelig und um Entschuldigung bittend wegen der Enge des Hauses, dabei stets bestrebt, ihr Haar mit der rauhen, plumpen Hand glattzustreichen.

Mrs. Williams war groß und stämmig, mit hochgewölbtem Busen und starken Beinen, deren Knöchel dick hervorquollen über den spitzen Schuhen; sie war aufgetakelt wie eine Frau Bürgermeister oder wie eine Fregatte und rauschte hinter Annie in die Gute Stube.

»Bitte, Mrs. Jones«, sagte sie, »machen Sie meinethalben keinerlei Umstände, wenn Sie so gut sein wollen!« Dabei stäubte sie mit einem Spitzentaschentuch, das sie ihrer Handtasche entnommen hatte, den Sesselsitz ab, ehe sie Platz nahm.

»Ich kann nämlich nicht lange bleiben«, sagte sie.

»Oh, aber für eine Tasse Tee müssen Sie bleiben«, sagte Annie, welche all die Stühle unter Gescharr und Geschiebe so lange um den Tisch zurechtrückte, bis kein Mensch mehr sich bewegen konnte und Mrs. Williams hoffnungslos eingeklemmt war samt ihrem Busen, ihren Ringen und ihrer Handtasche. Dann erst öffnete Annie den Porzellanschrank, wobei sie versehentlich die Bibel zu Boden warf, sie rasch wieder aufhob und mit dem Ärmel hastig abwischte.

»Und die Pfirsiche«, sagte Gwilym. Er stand auf dem Gang, den Hut auf dem Kopf.
»Nimm den Hut ab, Gwilym«, sagte Annie, »und kümmer' dich um Mrs. Williams!« Dabei stellte sie die Petroleumlampe auf das verhüllte Harmonium, breitete ein weißes Tischtuch, das in der Mitte einen Teefleck aufwies, über den Tisch und legte fünf Gedecke auf.
»Keinerlei Umstände um meinetwillen, ich bitte Sie«, sagte Mrs. Williams. »Oh, was für ein herrlicher Fuchs!« Dabei wies sie mit dem glitzernd beringten Finger auf das Glasbehältnis.
»Garantiert echtes Blut«, sagte ich zu Jack, während wir über das Sofa hinweg an den Tisch heranturnten.
»Keine Spur«, widersprach er. »Rote Tinte ist das!«
»Oh, deine Schuhe!« rief Annie.
»Steig nicht auf das Sofa, Jack, sei ein guter Junge!«
»Und wenn's keine Tinte ist, dann ist's eben rote Farbe.«
»Darf ich Ihnen ein Stück Kuchen anbieten, Mrs. Williams?« fragte Gwilym.
Annie klapperte mit den Teetassen. »Es ist kein Bröselchen Kuchen im Hause«, sagte sie. »Wir haben vergessen, ihn im Laden zu bestellen! Nicht ein einziges Bröselchen, oh, Mrs. Williams!«
»Nur eine einzige Tasse, vielen Dank«, versetzte Mrs. Williams. Sie war noch immer in Schweiß gebadet, denn sie hatte den ganzen Weg vom Automobil zu Fuß zurückgelegt. Das tat ihrem Gesichtspuder nicht gut. Sie funkelte mit ihren Ringen und betupfte sich das Gesicht.
»Drei gegen Eins gewettet«, sagte sie, »ich bin sicher, daß Jack sich hier wirklich wohlfühlen wird.«
»Kreuzfidel.« Gwilym nahm am Tische Platz.
»Und jetzt, Mrs. Williams, müssen Sie ein paar Pfirsiche versuchen, sie sind köstlich!«
»Das müßte stimmen, sie stehn ja schon lang genug bei uns herum«, sagte Gwilym.
Zum andernmal klapperte Annie mit den Teetassen.

»Nein, keine Pfirsiche, wirklich«, sagte Mrs. Williams.
»Oh, sie müssen, Mrs. Williams, wenigstens einen, mit Sahne!«
»Nein, nein, Mrs. Jones, vielen Dank! Ja, wenn es Birnen wären oder Apfelspalten – aber gegen Pfirsiche hab' ich nun mal eine Aversion.«
Jack und ich waren verstummt. Annie starrte auf ihre Turnschuhe hinunter. Die eine der beiden Uhren auf dem Kaminsims begann heiser zu rasseln und schlug dann die Stunde. Mrs. Williams fuhr von ihrem Stuhl auf.
»Wie doch die Zeit vergeht!« rief sie.
Sie bahnte sich ihren Weg durch das Mobiliar, rammte den Geschirrschrank, brachte die Schmucksachen und Broschen zum Erklirren und küßte Jack auf die Stirn.
»Du riechst ja nach Parfüm«, sagte er.
Sie tätschelte meinen Kopf.
»Also, daß ihr euch anständig aufführt!«
Zu Annie sprach sie im Flüsterton: »Und vergessen Sie nicht, Mrs. Jones, nur gute Hausmannskost. Sein Appetit soll nicht verdorben werden!«
Annie folgte ihr hinaus. Sie ging jetzt recht langsam. »Ich werde mein Bestes tun, Mrs. Williams.«
Dann hörten wir noch, wie sie sagte: »Also leben Sie wohl, Mrs. Williams«, und vernahmen gleich darauf, wie sie die Küchentreppe hinunterschritt und die Haustür schloß.
Draußen im Hof heulte das Automobil auf, sein Lärm wurde leiser und leiser, bis er schließlich erstarb.

Die dichtverwachsene Talschlucht hinunter stürmten Jack und ich – laut rufend köpften wir die Brombeersträucher mit unseren dünnen Buschmesser-Stöcken, hüpften und schrien. Nur mit Mühe kamen wir zum Stillstand und durchstreiften das Unterholz am Ufer des Flusses. Hoch oben saß mit zugekniffenem Auge der finstere, hagere, zehnfach zielende Gwilym und lud seine Gewehre in Richtung auf Gallows Farm. Wir krochen und brachen rauschend durch das Strauchwerk, verbargen uns auf ein Pfeifsignal hin zusammengeduckt im hohen Gras und lauerten auf das Knacken eines Zweiges oder das heimliche Brechen von Ästen.

Auf meinen Schenkeln kauernd, begierig und allein, einen tiefschwarzen Schatten werfend, mitten im insektensummenden Gorsehill-Dschungel, wo die unglaublichsten Vögel die Luft durchpfeilten und die Fische blitzschnell aus dem Wasser emporschossen, versteckt unter vierstengeligen, pferdehohen Blütengewächsen, am Spätnachmittag in einer Talschlucht bei Carmarthen, meinen Freund Jack unsichtbar neben mir wissend, fühlte ich meinen jungen Körper als ein aufregendes, sich anschleichendes Tier, mit gebeugten, zerschundenen Knien, pochendem Herz, die träge Hitze und Schwere zwischen den Beinen, mit vor Schweiß juckenden Handflächen, die Ohren aufgesperrt bis ans Trommelfell, zwischen den Zehen Schmutzkrusten, die Augen tief in den Höhlen, mit Würgen im Hals und jagendem Puls, mit fliegenden Erinnerungen um und um. So arbeitete ich mich sprungweise vor, schwimmend und kampfbereit. So wurde ich, Indianer spielend im abendlichen Dämmern, meiner selbst gewahr in der Mitte einer lebendigen Geschichte, und mein Körper war mein Abenteuer und mein Name. Aufgeregt sprang ich vorwärts und arbeitete mich wieder hangauf durchs dornig kratzende Brombeergestrüpp.

»Ich seh' dich, ich seh' dich!« schrie Jack und jagte hinter mir her. »Peng! Peng! Du bist tot!«

Aber ich war jung und laut und am Leben, wiewohl ich gehorsam darniedergestreckt dalag.

»Und jetzt bist du dran, probier ob du mich abschießen kannst«, sagte Jack. »Zähl bis hundert!«

Ich schloß ein Auge, sah wie er zum oberen Feld hinauftrampelte, dann auf Zehenspitzen zurückschlich, sich anschickte, auf einen Baum zu klettern, und ich zählte bis Fünfzig und sprang auf den Baumstamm zu und knallte Jack beim Hinaufklettern ab. »Los, fall runter«, rief ich.

Er weigerte sich, und so kletterte ich hinter ihm her, bis wir uns im obersten Gezweig festklammerten und hinunterspähten auf das hölzerne Abtritthäuschen an der Ecke des Feldes. Dort saß Gwilym, die Hosen auf den Fersen. Klein und schwarz sah er aus. Er las ein Buch und bewegte die Hände dazu.

»Wir können dich sehen!« brüllten wir.

Er zog hastig die Hosen hoch und schob das Buch in die Tasche.

»Wir können dich sehen, Gwilym!«

Er trat auf das Feld heraus. »Wo seid ihr denn?«

Wir schwenkten unsere Mützen nach seiner Richtung.

»Im Himmel!« brüllte Jack.

»Wir fliegen!« schrie ich.

Wir breiteten die Arme wie Flügel aus.

»Fliegt herunter zu mir!«

Wir schaukelten uns im Gezweig und lachten.

»Schönes Paar Vögel!« rief Gwilym.

Unsere Jacken waren zerrissen, die Strümpfe durchweicht, und an unseren Schuhen klebte der Schmutz; grünes Moos und braune Borke war auf unsren Händen und Gesichtern, als wir zum Abendessen ins Haus traten und ausgeschimpft wurden. Annie war dann den ganzen Abend still, wiewohl sie mich einen Lumpenkerl nannte und sich fragte, was wohl Mrs. Williams sich denken würde, und daß Gwilym eigentlich hätte gescheiter sein können. Wir schnitten ihm Gesichter und taten ihm Salz in den Tee. Trotzdem sagte er nach Beendigung der Mahlzeit: »Wenn ihr mögt, könnt ihr jetzt noch zur Kapelle mitkommen eben vorm Schlafengehen.«

Er zündete ganz oben auf dem Kanzelkarren eine Kerze an. Das war nur ein dürftiges Licht in der Finsternis der geräumigen Scheune. Die Fledermäuse waren weg, aber die Schatten krochen noch immer aufwärts im Gebälk und dann seitlich am Dach herunter. Gwilym war nun nicht mehr mein Vetter im Sonntagsanzug, sondern ein hochgewachsener Fremdling, der einem mantelumhüllten Spaten glich, mit viel zu tiefer Stimme. Die Strohhaufen rundum schienen von Leben erfüllt. Ich dachte an die Predigt heute vormittag vom Karren herab; wir alle waren den Blicken des Herrn ausgesetzt, Jacks Herz war ihnen ausgesetzt, Gwilym war nicht mehr so zungenfertig, und beständig raunte es in mir »wie klein doch seine Augen sind!«.

»Und jetzt nehm' ich euch die Beichte ab«, sprach Gwilym von seinem Karren herab.

Jack und ich standen barhäuptig im Lichtkreis der Kerze und ich konnte spüren, wie Jack am ganzen Körper zitterte.

»Du zuerst!« Gwilyms Finger, so hell als hätt' er in der Kerzenflamme Feuer gefangen, wies auf mich, und ich tat einen Schritt näher zum Kanzelkarren und richtete mein Gesicht empor.

»Bekenn deine Sünden!« befahl Gwilym.

»Welche Sünden soll ich denn bekennen?«

»Das Schlimmste, was du je begangen hast.«

Ich hatte Edgar Reynolds mit Schlägen bestrafen lassen, weil ich ihm seine Hausaufgabe gestohlen hatte; ich hatte aus Mutters Handtasche gestohlen; ich hatte aus Gwyneths Handtasche gestohlen; ich hatte zwölf Bücher aus der Bibliothek während dreier Besuche gestohlen und sie im Park fortgeworfen; ich hatte eine Tasse meines eigenen Urins getrunken, weil ich wissen wollte wie er schmeckt; ich hatte einen Hund solange mit dem Stock geschlagen, bis er sich vor mir wälzte und mir die Hand leckte; ich hatte mit Dan Jones durchs Schlüsselloch seinem Dienstmädchen beim Baden zugesehen; ich hatte mich mit dem Federmesser ins Knie geschnitten, mit dem Blut mein Taschentuch getränkt und gesagt, das sei von meinen Ohren, so daß ich mich krank stellen und meiner Mutter Angst machen konnte; ich hatte die Hosen heruntergelassen und mich vor Jack Williams gezeigt; ich hatte gesehen, wie Bill Jones eine Taube mit der Kohlenschaufel totschlug, und gelacht und dann war mir sterbensübel geworden; Cedric Williams und ich waren in Mrs. Samuels Haus eingebrochen und hatten die Bettwäsche über und über mit Tinte besudelt.

Ich sagte: »Ich habe noch nie eine Sünde begangen!«
»So mach schon – bekenne!« befahl Gwilym. Finster blickte er auf mich hernieder.
»Ich kann nicht! Ich kann nicht!« sagte ich. »Ich habe nichts Böses getan!«
»Los, bekennen sollst du!«
»Ich will nicht! Ich will nicht!«
Jack fing zu weinen an. »Ich möcht' heimgehen«, sagte er.
Gwilym öffnete die Kapellentür, und wir folgten ihm auf den Hof hinaus und hinter den schwarzen, buckeligen Schuppengebäuden vorbei zum Wohnhaus, und Jack schluchzte die ganze Zeit.
Zusammen im Bett, beichteten Jack und ich einander unsere Sünden.
»Ich stehle auch Geld aus Mutters Handtasche, die ist immer ganz dick von Pfundnoten.«
»Wieviel nimmst du da gewöhnlich?«
»Threepence.«
»Ich hab' einmal einen Mann umgebracht.«
»Gibt's ja gar nicht!«
»Bei Christi Barmherzigkeit – ich hab' ihn mitten durchs Herz geschossen!«
»Wie hat er geheißen?«
»Williams.«
»Hat er geblutet?«
Mir war's als leckte der Fluß draußen schon an den Mauern.
»Wie eine gestochene Sau«, sagte ich.
Jacks Tränen flossen nicht länger. »Ich mag diesen Gwilym nicht. Der hat ja nicht alle Tassen im Schrank!«
»Stimmt nicht – ich hab' einmal einen Haufen Gedichte in seiner Schlafkammer gefunden, alle an Mädchen. Später, als er sie mir zeigte, hatte er die Mädchennamen in ›Gott‹ verwandelt.«
»Er ist sehr fromm.«
»Stimmt nicht – er treibt's mit leichten Weibern. Er kennt Corinne Griffith.«

Unsere Tür stand offen. Ich hätte sie nachtsüber gern abgeschlossen, denn ich wär' mit einem Gespenst lieber gleich in der Schlafkammer gewesen, als erst lange auf sein Hereinschweben zu warten; aber Jack wollte die Tür offen haben, und so hatten wir Kopf oder Adler gespielt und er hatte gewonnen. Wir vernahmen ein Gepolter an der Haustür und gleich darauf Schritte im Küchengang.

»Das ist Onkel Jim!«

»Wie ist denn der?«

»Wie ein Fuchs – er frißt Schweinchen und Hühner.«

Der Boden war dünn, und so hörten wir jedes Geräusch, das Knarren des Bardenthrons, das Klappern der Teller, und auch wie Annie sagte: »Schon wieder Mitternacht!«

»Der ist wieder mal voll«, sagte ich. Wir lagen ganz still, in der Hoffnung, die beiden streiten zu hören.

»Vielleicht schmeißt er mit den Tellern«, sagte ich.

Aber Annie wies ihn auf recht sanfte Weise zurecht: »Gut schaust du wieder aus, Jim!«

Er brummte irgendetwas vor sich hin.

»Schon wieder ist ein Ferkel weg«, sagte sie. »Ach, warum kannst du das nicht lassen, Jim? Jetzt ist schon bald gar nichts mehr übrig. So kommen wir niemals weiter!«

»Geld! Geld! Geld!« versetzte er. Jetzt, das wußte ich, zündete er sich die Pfeife an.

Dann aber wurde Annies Stimme so leise, daß wir nichts mehr verstehen konnten, und Onkel sagte: »Hat sie dir die dreißig Shillings bezahlt?«

»Sie reden über deine Mutter«, sagte ich zu Jack.

Annie sprach längere Zeit mit gedämpfter Stimme, und wir horchten gespannt, ob wir etwas verstehen würden. »Mrs. Williams«, vernahmen wir schließlich, und »Automobil«, und »Jack« und »Pfirsiche«. Ich dachte, sie sei nahe am Weinen, denn beim letzten Wort schlug ihr die Stimme um.

Onkel Jims Sessel knarrte aufs neue, und dann schien er mit der Faust auf den Tisch zu schlagen, und wir hörten ihn brüllen: »Pfirsiche! Der werd' ich Pfirsiche geben! Pfirsiche! Was glaubt die denn eigentlich, wer sie ist? Sind Pfirsiche vielleicht nicht gut genug für sie? Zum Teufel mit ihrem dreckigen Automobil und ihrem Scheißkerl von Sohn! Spielt sich da wunder was auf vor uns!«

»Still, Jim. Ich bitte dich«, sagte Annie. »Du wirst noch die Jungen aufwecken!«

»Ich werd' sie aufwecken und ihnen den Hintern versohlen, daß sie dran denken werden!«

»Ich bitte dich, Jim – bitte!«

»Du schickst den Jungen nach Haus' – oder ich tu' es selber. Zurück zu seinen drei Dreckshäusern!«

Jack zog die Bettdecke über den Kopf und schluchzte ins Kissen: »Ich mag nichts mehr hören, ich mag nichts mehr hören! Ich schreib' meiner Mutter, daß sie mich heimholt!«

Ich kroch aus dem Bett, um die Tür zu schließen. Jack sagte jetzt nichts mehr, und ich schlief ein, trotz allem Gezänk, das bald leiser wurde.

Onkel Jim erschien nicht zum Frühstück. Als wir hinunterkamen, standen Jacks Schuhe schon gereinigt bereit, und seine Jacke war ausgebessert und gebügelt. Annie setzte Jack zwei weiche Eier vor, mir eines. Sie sagte nichts, als ich den Tee aus der Untertasse schlürfte.

Nach dem Frühstück ging Jack zum Postamt. Ich nahm den einäugigen Collie mit auf die oberen Felder zur Hasenjagd, doch er verbellte bloß die Enten und brachte mir den Schuh eines Landstreichers aus einem Gestrüpp und legte sich schwanzwedelnd in eine der vielen Hasenkuhlen. Ich warf Steine in den verlassenen Ententümpel, und der Collie brachte mir Stöcke und Äste zurück.

Jack ging in aller Heimlichkeit den schmalen Taleinschnitt hinunter, die Hände in den Taschen und die Mütze tief über das eine Auge gezogen. Ich ließ den Collie an einem Maulwurfshügel weiterschnüffeln und erkletterte den Baumwipfel an der Wiese mit dem Abtritts-Häuschen. Unter mir spielte Jack ganz für sich allein Indianer, ging auf Skalpjagd durch das Gestrüpp, lauerte hinter einem Baum sich selber auf, versteckte sich vor sich selber im Gras. Einmal rief ich zu ihm hinunter, aber er tat, als hätte er mich nicht gehört. Er spielte ganz für sich allein, wortlos und verbissen. Ich sah ihn, die Hände in den Taschen, vornübergebeugt am schlammigen Flußufer im Talgrund stehen. Der Ast, auf dem ich saß, gab nach, die Wipfel des Talgestrüpps drehten sich gleich grünen Spießen auf mich zu, »Ich stürze ab!« schrie ich, aber meine Hosen bewahrten mich davor, ich baumelte hin und her und klammerte mich an irgendetwas fest – es war eine wilde, abenteuerliche Minute, doch Jack sah kein einziges Mal herauf, und so war die Minute verloren. Ohne jede Würde kletterte ich hinunter auf den Boden.

Früh am Nachmittag, nach einer wortlosen Mahlzeit, als Gwilym in der Heiligen Schrift las oder Lieder schrieb, die er irgendwelchen Mädchen widmete, oder bloß in seiner Kapelle döste; als Annie mit Brotbacken beschäftigt war und ich auf dem Dachboden überm Stall mir eine Weidenpfeife zurechtschnitt, fuhr das Automobil wieder in den Hof ein.

In seinem besten Anzug lief Jack aus dem Haus auf seine Mutter zu, die ihre Röcke raffte, um nicht an das Kopfsteinpflaster zu streifen, und ich hörte ihn sagen: »Und dich hat er eine blöde Kuh genannt, und er hat gesagt, er würde mir die Seele aus dem Leib prügeln, und Gwilym hat mich im Finstern in die Scheune gesteckt und die Mäuse über mich laufen lassen, und Dylan ist ein Dieb, und die Alte da drin hat mir die Jacke kaputtgemacht!«

Mrs. Williams schickte den Chauffeur nach Jacks Gepäck. Annie trat in die Türöffnung, versuchte zu lächeln und einen Knicks zu machen, strich sich das Haar zurecht und wischte sich die Hände an der Schürze ab.

»Guten Tag«, sagte Mrs. Williams, nahm mit Jack im Wagenfond Platz und starrte auf das verfallene Gehöft.

Der Chauffeur kam zurück. Der Wagen fuhr an und scheuchte die Hennen auseinander. Ich stürzte aus dem Stall, um Jack nachzuwinken. Er saß stocksteif und stumm neben seiner Mutter. Ich schwenkte mein Taschentuch.

Besuch beim Großvater

Mitten in der Nacht schrak ich aus einem Traum, voll von Peitschen und Lassos, so lang wie Schlangen, voll von Kutschen, deren Pferde auf Gebirgspässen durchgingen, voll ausgreifender, windgepeitschter Galoppritte über Kaktusfelder – und dann hörte ich den Alten im Nachbarzimmer »Hott!« und »Hüh!« schreien und »Brrr!« und mit der Zunge schnalzen.

Es war das erste Mal, daß ich in Großvaters Haus zu Besuch weilte. Als ich ins Bett gekrochen war, hatten die Dielenbretter gequietscht wie Mäuse, und die Mäuse in den Wänden hatten gequietscht wie Dielenbretter, auf die jemand anderer getreten war. Es war eine laue Sommernacht, aber die Vorhänge hatten sich flatternd gebauscht, und die Zweige der Bäume hatten ans Fenster geschlagen. Ich aber hatte die Bett-Tücher über den Kopf gezogen und es währte nicht lange, da ritt ich brausend dahin wie im Buch die Wilde Jagd.

»Hott und Hüh, meine Hübschen!« schrie der Großvater. Seine Stimme klang sehr jung und laut, seine Zunge hatte donnernde Hufe bekommen, und aus seiner Schlafkammer machte er eine weithin sich breitende Wiese. Ich beschloß nachzusehen, ob ihm am Ende nicht wohl sei oder ob sein Bettzeug in Brand geraten war, denn meine Mutter hatte mir gesagt, er zünde sich die Pfeife unter der Bettdecke an, und hatte mir aufgetragen, ihm raschest zu Hilfe zu kommen, sobald ich bei Nacht Brandgeruch wahrnähme. Also schlich ich auf Zehenspitzen durch die Finsternis bis an seine Schlafkammertür, stieß dabei an die Möbel und warf einen Kerzenleuchter um, der mit dumpfem Ton auf den Boden schlug. Als ich Licht in Großvaters Kammer sah, erschrak ich, und als ich die Tür aufmachte, hörte ich ihn schreien: »Heh! Hussa!«, so laut wie ein durch ein Megaphon brüllender Bulle.

Er saß steif aufgerichtet im Bett und schaukelte hin und her, als kutschierte er über eine steinige Straße. Die zu Knoten geschürzten Enden der Bettdecke waren seine Zügel; die unsichtbaren Pferde befanden sich im Schatten der neben dem Bett brennenden Kerze. Über dem weißflanellenen Nachthemd trug er ein rotes, mit walnußgroßen Messingknöpfen besetztes Gilet. Der übergroße Pfeifenkopf qualmte inmitten des Backenbarts wie ein kleines Bündel brennenden Heus an einer Stange. Bei meinem Anblick fielen ihm die Hände von den Zügeln und lagen blaugeädert und reglos, das Bett stand plötzlich auf ebener Straße still, die Zunge kam zur Ruhe und die Pferde hielten sachte an.

»Ist irgendwas, Großvater?« fragte ich, obschon das Bettzeug nicht in Flammen stand. Im Kerzenlicht wirkte sein Gesicht wie eine zerfranste, senkrecht vor die schwarze Luft geheftete Steppdecke, um und um mit ziegenbarthaften Quasten gesäumt.

Er starrte mich gutmütig an. Dann blies er in seine Pfeife, daß die Funken stoben, und indem er ihren Schaft zu einer nassen, quietschenden Hundepfeife machte, schrie er mich an: »Frag nicht so blöd!«

Nach einer Weile sagte er mit listigem Unterton: »Hast du manchmal Alpträume, mein Junge?«

»Nein«, sagte ich.

»Aber ja doch, du hast welche«, versetzte er.

Ich sagte, eine Stimme habe mich aufgeweckt – sie habe auf Pferde eingeschrien.

»Na, was hab' ich dir gesagt?« antwortete er. »Du stopfst dir am Abend den Bauch zu voll. Wer hätte je von Pferden in einer Schlafkammer gehört?«

Er kramte unter seinem Kopfkissen herum, brachte einen kleinen, klirrenden Beutel zum Vorschein und knüpfte ihn umständlich auf. Dann drückte er mir einen Souvereign in die Hand und sagte: »Kauf dir Kuchen.« Ich bedankte mich und wünschte ihm Gutenacht.

Als ich meine Schlafkammertür zumachte, hörte ich schon

wieder seine laute, hochgemut schreiende Stimme: »Heh! Hussa!«, und das Gerumpel des dahinfahrenden Betts.

Am Morgen erwachte ich aus einem Traum voll feuriger Rosse auf einer Ebene, die übersät war mit Möbelstücken und voll riesiger, wolkiger Männer, die sechspferdig einherritten und mit brennenden Leintüchern auf ihre Reittiere einschlugen. Großvater saß beim Frühstück, ganz in Schwarz. Nach dem Frühstück sagte er: »Ein schrecklich lauter Wind war heute Nacht«, und setzte sich in seinen Lehnstuhl am Herd, um Lehmkugeln fürs Feuer zu formen. Später am Vormittag nahm er mich mit auf einen Spaziergang durch Johnstown Village und über die Felder längs der Llanstephan-Straße.

Ein Mann mit einem kleinen Rennhund sagte: »Prachtvoller Vormittag, Mr. Thomas«, und sobald er, dürr wie sein Hund, im grünenden Jungwald verschwunden war, ungeachtet der Weisungen auf den Verbotstafeln, sagte Großvater: »Na, hast du gehört, wie er dich angeredet hat? Mit ›Mister‹!«

Wir kamen an kleinen Wohnkaten vorbei, und jedermann, der an den Zauntüren lehnte, beglückwünschte Großvater zu dem strahlenden Vormittag. Wir durchquerten den von Tauben gurrenden Wald, und die Schwingen der Tauben knickten die Zweige, wenn sie zu den Wipfeln der Bäume aufflatterten. Inmitten des sanften, satten Gurrens und des furchtsamen Knatterns der Flügel rief Großvater, als schrie' er über ein freies Feld: »Vielleicht hast du in der Nacht den Wirbel dieser Diebsvögel gehört und mich aufgeweckt und mir erzählt, in den Baumkronen seien Pferde!«

Wir kehrten dann um und gingen gemächlich zurück, denn er war müde geworden, und auch der hagere Kerl stelzte aus der verbotenen Baumschonung und hatte einen toten Hasen so behutsam überm Arm, als wär' es kein Tier, sondern als führte er ein Mädchen.

Am vorletzten Tag meines Besuches nahm mich Großvater in einem Wägelchen, vor das ein kleines, schwaches Pony gespannt war, mit nach Llanstephan. Aber er tat, als gält' es einen Bison zu lenken, so kraftvoll hielt er die Zügel, so grausam laut ließ er die lange Peitschenschnur knallen, mit so gotteslästerlichen Flüchen scheuchte er die Buben, die auf der Straße spielten, auseinander, und so standfest spreizte er die gamaschenbewehrten Beine und verwünschte die dämonische Kraft und Dickköpfigkeit seines Ponys, das dem Zusammenbruch nahe war.

»Schau nur, schau, Junge!« schrie er an jeder Ecke und zerrte und ruckte und riß und schwitzte und schwang seine Peitsche gleich einem Gummischwert durch die Luft. Und sobald das Pony die betreffende Kurve mühselig hinter sich gebracht hatte, wandte Großvater sich mit aufatmendem Lächeln mir zu: »Na, die haben wir wieder geschafft wie im Sturm, mein Junge!«

Sobald wir in Llanstephan Village am Gipfel des Hügels angelangt waren, ließ er das Wägelchen vorm ›Wappen zu Edwinsford‹ stehen, klopfte dem Pony wohlwollend auf die Nüstern, gab ihm Zucker zu fressen und sagte: »Bist ein kleines, schwaches Pony, Jim – und ziehst doch so große, schwere Männer wie uns beide!«

Er hatte einen Krug Starkbier vor sich, und ich saß hinter meiner Limonade. Dann bezahlte er Mrs. Edwinsford mit einem Souvereign aus seinem klirrenden Beutel. Sie erkundigte sich nach seinem Wohlbefinden, und er meinte, Llangadock täte seinem Kreislauf besser. Dann gingen wir, um noch einen Blick auf den Kirchhof und das Meer zu werfen und lagerten uns in dem Gehölz, das sie den ›Hinterwald‹ nannten, bestiegen danach das Konzertpodium inmitten der Bäume, wo die Besucher in den Hochsommernächten zu singen pflegten, und wo Jahr für Jahr der größte Einfaltspinsel des Dorfes zum Bürgermeister gewählt wurde. Großvater verweilte dann noch auf dem Friedhof und wies übers Gittertor hinweg auf die mit Engeln bekrönten Grabsteine und all die armseligen Holzkreuze. »Es hat gar keinen Sinn, hier zu liegen«, sagte er.

Unsere Rückfahrt glich in allem dem Furioso der Herfahrt: abermals ward Jim zum Bison.

Am letzten Tag meines Aufenthalts erwachte ich erst spät am Morgen – aus Träumen, in denen das Meer bei Llanstephan schimmernde Segelboote getragen hatte, so groß wie Passagierschiffe; und himmlische Chöre, angetan mit Bardengewändern und messingknopfbesetzten Gilets, hatten im ›Hinterwald‹ den in See stechenden Seglern in sonderbar klingendem Walisisch zum Abschied gesungen. Großvater war nicht am Frühstückstisch – er war ein Frühaufsteher. Ich durchstreifte die Felder mit einer neuen Schleuder und schoß mit ihr nach den Möwen vom Towy und nach den Krähen in den Bäumen des Pfarrgartens. Ein warmer Wind strich von der Schönwetterseite heran; der Morgennebel löste sich vom Grund, flutete in den Baumkronen und schluckte die lärmenden Vögel auf; in dem Nebel und dem Wind flogen meine Kiesel fast schwerelos in die Höhe wie Hagelkörner, hinein in eine Welt, die auf dem Kopf stand. Aber der Vormittag ging hin, ohne daß ein Vogel aus der Luft gestürzt wäre.
Ich zerbrach meine Schleuder und nahm den Rückweg zum Mittagmahl durch den Obstgarten der Pfarrei. Einmal, so hatte mir Großvater erzählt, habe der Pfarrer drei Enten am Jahrmarkt zu Carmarthen gekauft und für sie einen Teich in der Mitte des Gartens angelegt, aber sie seien zum Rinnstein unter der zerfallenden, zum Pfarrhaus führenden Aufgangstreppe gewatschelt und hätten lieber dort geschwommen und geschnattert. Am Ende des Pfades durch den Obstgarten angelangt, spähte ich durch ein Loch in der Hecke und sah, daß der Pfarrer einen Tunnel unter dem Steingarten angelegt hatte, als Verbindung zwischen dem Rinnstein und dem Ententümpel, und eine Tafel angebracht mit der deutlichen Aufschrift: ›Zum Ententeich hier entlang‹.
Die Enten aber schwammen weiterhin unter den Aufgangsstufen herum.
Großvater war nicht in der Kate. Ich ging in den Garten, aber auch in die Obstbäume starrte er nicht. Ich rief zu einem Mann hinüber, der hinter der Hecke sich auf einen Spaten lehnte: »Haben Sie Großvater heute morgen schon gesehen?«

Ohne mit dem Umstechen aufzuhören, versetzte er über die Schulter: »Hab' ihn in seiner Narrenweste gesehen!«
Mr. Griff, der Barbier, wohnte gleich nebenan. Durch die offene Tür rief ich zu ihm hinein: »Mr. Griff, haben Sie meinen Großvater gesehen?«
Der Barbier kam in Hemdsärmeln heraus.
»Er soll sein bestes Gilet anhaben«, sagte ich, ohne zu wissen, ob dies von Bedeutung wäre, aber Großvater trug sein Gilet sonst nur in der Nacht.
»Ist dein Großvater vielleicht in Llanstephan gewesen?« erkundigte sich Mr. Griff voll Besorgnis.
»Gestern sind wir hinüber gefahren«, sagte ich.
Er hastete ins Haus, und ich hörte ihn auf Walisisch etwas sagen, und dann kam er wieder heraus, diesmal in seinem weißen Friseurmantel, und er trug einen bunten, spiralig bemalten Stock in der Hand. So schritt er ziemlich rasch die Dorfstraße hinunter, so daß ich rennen mußte, um mit ihm Schritt zu halten.
Als wir vorm Schneiderladen anhielten, rief er laut »Dan!«, und Dan Tailor kam hinter seinem Schaufenster hervor, wo er wie ein indischer Priester zu hocken pflegte, aber mit einem steifen Hut auf dem Kopf. »Dai Thomas hat sein Narrengilet an«, sagte Mr. Griff, »und er ist in Llanstephan gewesen.«
Während Dan Tailor nach seinem Überrock suchte, war Mr. Griff schon wieder weiter. »Will Evans!« rief er vor der Zimmermannswerkstatt, »Dai Thomas ist in Llanstephan gewesen, und jetzt hat er sein Gilet an!«
»Gleich sag' ich Morgan Bescheid«, versetzte des Zimmermanns Weib aus dem von Gehämmer und Sägegekreisch hallenden Dunkel der Werkstatt.
Auch beim Fleischerladen sprachen wir vor und am Haus von Mr. Price, und Mr. Griff wiederholte seine Neuigkeit wie ein Stadtausrufer.
Wir trafen uns allesamt auf dem Johnstown-Platz. Dan Tailor hatte sein Fahrrad bei sich, Mr. Price seinen Ponykarren. Mr. Griff sowie der Fleischer, Morgan Carpenter und ich kletter-

ten in den holpernden Karren und machten uns auf den Weg in Richtung Carmarthen Town. Der Schneider fuhr uns voran, fortwährend mit der Fahrradklingel schrillend, als gäb' es ein Feuer oder einen Raubüberfall, und eine Alte in der Zauntür zu ihrer Hütte am Ende der Straße flüchtete in ihre Behausung wie eine gescheuchte Henne. Eine andere Frau schwenkte ein grelles Taschentuch.

»Wohin fahren wir denn?« fragte ich.

Großvaters Nachbarn waren von so gewichtigem Ernst wie die alten Männer mit schwarzen Hüten und Röcken am Rand eines Jahrmarkts. Mr. Griff schüttelte den Kopf und sagte traurig: »Ich hätte nicht erwartet, daß Dai Thomas das nochmals tun würde.«

»Nicht seit dem letzten Mal«, versetzte Mr. Price betrübt.

Wir trabten weiter, erreichten im Schneckentempo Constitution Hill, ratterten abwärts, hinein in die Lammas Street, und noch immer ließ der Schneider seine Fahrradklingel schrillen, und ein Hund japste vor seinem Rad her. Während wir über das Kopfsteinpflaster ratterten, das zur Towy-Brücke hinunterführte, kamen mir plötzlich Großvaters nächtliche, lärmende Kutschfahrten in den Sinn, wie sie das Bett zum Wakkeln und die Wände zum Zittern gebracht hatten, und ich sah sein buntfarbenes Gilet vor meinen Augen und seinen wie aus Flicken zusammengesetzten Kopf, struppig und grinsend im Kerzenlicht. Der Schneider vor uns drehte sich im Sattel herum, sein Fahrrad geriet ins Taumeln. »Ich sehe Dai Thomas!« schrie er.

Der Ponykarren ratterte auf die Brücke zu, und ich sah Großvater dort stehen: die Knöpfe seines Gilets funkelten in der Sonne, er trug seine engen, schwarzen Sonntagsbeinkleider und einen hohen graustaubigen Hut, den ich in einem Verschlag auf dem Dachboden gesehen hatte, und er schleppte eine altmodische Reisetasche mit sich. Er machte eine Verbeugung vor uns. »Guten Morgen, Mr. Price«, sagte er, »und Mr. Griff, und Mr. Morgan, und Mr. Evans.« Zu mir sagte er,: »Guten Morgen, mein Junge.«

Mr. Griff zückte seinen bunten Barbierstock gegen ihn. »Und was fällt Ihnen ein, sich hier mitten am Nachmittag auf der Carmarthen-Brücke herumzutreiben?« sagte er streng. »Noch dazu in Ihrem besten Gilet und mit dem alten Hut?«
Großvater antwortete nicht, drehte aber sein Gesicht in den Flußwind, so daß sein Bart in tanzende, schwingende Bewegung geriet, ganz wie beim Sprechen auch, und er blickte interessiert hinunter zu den Männern am Ufer, die sich an den weidengeflochtenen Booten zu schaffen machten, als wär's eine Schar Schildkröten.
Mr. Griff erhob seinen kläglichen, bemalten Barbierstock: »Und wohin«, so fragte er, »gedenken Sie denn zu gehen mit Ihrer alten schwarzen Reisetasche?«
Großvater sagte: »Ich bin auf dem Weg nach Llangadock zu meiner Beerdigung.« Und er sah zu, wie die lederbezogenen Weidenboote muschelgleich ins Wasser glitten, und die Schreie der Möwen über dem fischreichen Gewässer klangen nicht minder gereizt als die anklagende Stimme von Mr. Price: »Aber Sie sind ja noch gar nicht gestorben, Dai Thomas!«
Ein Weilchen dachte Großvater nach, dann sagte er: »Hat keinen Sinn, in Llanstephan begraben zu liegen. In Llangadock ist die Erde viel bequemer. Da kannst du die Beine strecken wie du willst, ohne gleich ins Meer zu geraten.«
Die Nachbarn drängten näher herzu. Sie sagten: »Sie sind nicht gestorben, Mr. Thomas.«
»Wie also können Sie da beerdigt werden?«
»Kein Mensch denkt daran, Sie in Llanstephan zu begraben.«
»Na kommen Sie schon, Mr. Thomas, nach Hause!«
»Dort gibt's Starkbier zur Jause.«
»Und Kuchen.«
Aber Großvater stand fest auf der Brücke und hielt die Reisetasche krampfhaft in der Hand und starrte in den ziehenden Fluß und den ziehenden Himmel wie ein Prophet, der schon jenseits steht – jenseits allen Zweifelns.

Patricia, Edith und Arnold

Der kleine Junge in seiner unsichtbaren Lokomotive, der Cwmdonkin Special, knirschte mit auf Hochglanz polierten Rädern durch den kleinen Hintergarten, dessen am Vortag gefallener Schnee über und über mit Brotkrumen für die Vögel bestreut war. Sein Rauch glich schwächlichen, fahlen Atemwolken an einem kalten Nachmittag, er ließ unter der Wäscheleine seine Lokomotive tuten, trat den Hundeteller gegen das Haltesignal am Waschraum, ließ den Dampf gemächlicher puffen und bewegte die Kolben immer langsamer, während das Dienstmädchen die Schranke senkte, die baumelnden Unterleibchen, Hemden und Westen abpflockte, dabei die bräunlichen Flecken unter ihren Armen zeigte und über die Mauer rief: »Edith, Edith, komm her, ich brauch' dich!«

Edith kletterte jenseits der Mauer auf zwei Zuber und rief herüber: »Bin schon da, Patricia!« Ihr Kopf tauchte über den Glasscherben der Mauerkrone auf.

Der kleine Junge dirigierte den ›Flying Welshman‹ vom Waschraum zurück zur offenen Tür des Kohlenverschlags und zog dann die Bremse scharf an – nämlich den Hammer in der Tasche. Uniformierte Helfer kamen eilends mit dem Brennstoff herbei, er gab einem salutierenden Heizer Anweisung, und die Lokomotive schob sich davon, herum um die gegen die Katzen mit scharfzackigen Porzellanscherben bewehrten Mauern, entlang der gefrorenen Flüsse der Abzugsrinne, hinein und wieder heraus aus dem Tunnel des Kohlenverschlags. Doch durch all das Gequietsch und Gepfeife hatte er die ganze Zeit über ein scharfes Ohr auf Patricia und die Magd von nebenan, welche bei Mrs. Lewis in Dienst stand, aber anstatt zu arbeiten wie sich's gehört hätte, fortwährend mit Patricia tratschte; von seiner Mutter sprach sie nur als Mrs. T. und an Mrs. L. ließ sie kein gutes Haar.

Er hörte Patricia sagen: »Mrs. T. wird vor Sechs nicht zurück sein.«
Und Edith antwortete von nebenan: »Die alte Mrs. L. ist nach Neath gegangen, um nach Mr. Robert zu sehen.«
»Der hat wieder seine lüsternen Tage«, raunte Patricia.
»Tage, Plage, Klage!« schrie der Junge aus dem Kohlenverschlag hervor.
»Du machst dir ja das Gesicht ganz schwarz, ich werd's dir geben!«, sagte Patricia zerstreut.
Sie machte aber keinen Versuch, ihn am Erklettern des Kohlenhaufens zu hindern. Er stand ganz still auf dessen Spitze, König von Coal Castle, mit dem Kopf ans Dach streifend und den Stimmen der Mädchen lauschend. Patricia war nahe am Weinen, Edith schluchzte und hielt sich nur schwankend aufrecht auf den wackeligen Bottichen. »Ich steh' auf dem Kohlengipfel«, sagte er und wartete, ob Patricia sich ärgern werde.
Sie sagte: »Ich mag ihn gar nicht sehen, geh du allein.«
»Wir müssen zu zweit gehen, wir müssen«, versetzte Edith. »Ich muß endlich Klarheit haben!«
»Und ich mag es nicht wissen.«
»Ich stehe das allein nicht durch, Patricia, du mußt mich begleiten!«
»Geh du nur allein, du bist es ja, auf die er wartet!«
»Patricia, ich bitte dich.«
»Jetzt lieg' ich mit dem Gesicht in den Kohlen«, sagte der Junge.
»Nein, heute bist du dran, mit ihm auszugehn. Ich will nichts mehr wissen. Ich will nur denken, daß er *mich* liebt!«
»Oh, red' doch keinen Unsinn, Patricia, bitte! Kommst du nun mit oder nicht? Ich muß einfach wissen, was er sagt.«
»Na gut denn, in einer halben Stunde. Ich ruf' über die Mauer.«
»Besser wär's du kämst gleich«, sagte der Junge. »Weiß Gott, ich bin schon so dreckig – nur der Himmel kann . . .«
Patricia lief zum Kohlenverschlag. »Was sind das für Reden!

Sofort kommst du heraus!« befahl sie.
Die Bottiche kamen ins Rutschen, und Edith verschwand.
»Daß du dich nicht unterstehst, dergleichen jemals wieder zu sagen! Oh – und dein Anzug!« Patricia packte den Jungen und zog ihn ins Haus.
In ihrem Beisein mußte er die Kleider wechseln. »Da gibt's gar nichts zu reden!« Er zog die Hosen aus und tanzte um Patricia herum, immer wieder rufend: »So schau doch, schau mich an, Patricia!«
»Benimm dich anständig«, sagte sie, »oder du kommst mir nicht mit in den Park!«
»Ach – in den Park soll es gehen?«
»Jawohl – wir gehen allesamt in den Park, du und ich und auch Edith von nebenan!«
Er kleidete sich säuberlich an, um sie nicht zu verärgern, und spuckte sich in die Hände, bevor er den Scheitel nachzog. Sie schien von seiner Bravheit gar keine Notiz zu nehmen. Ihre großen Hände waren ineinander verkrampft; sie starrte auf die weiße Brosche an ihrer Brust. Patricia war ein großes, dickes Mädchen mit ungeschickten Händen, zehengleichen Fingern sowie Schultern, so breit wie die eines Mannes.
»Bin ich dir jetzt schön genug?« fragte er.
»Das will auch schon was heißen«, versetzte sie, wobei sie ihn liebevoll betrachtete. Sie hob ihn auf und setzte ihn auf die Schubladenkommode. »Jetzt bist du grade so groß wie ich.«
»Aber nicht so alt«, sagte er.
Er wußte, es war ein Nachmittag, an dem alles und jedes passieren konnte; es konnte genug schneien, um auf einem Ballschläger Schlitten zu fahren; Onkels aus Amerika, wo er gar keine hatte, konnten plötzlich auftauchen, revolverbewehrt und von Bernhardinerhunden begleitet; Fergusons Laden mochte Feuer fangen, und alle Warenpakete würden auf den Gehsteig purzeln. Und es überraschte ihn nicht, als Patricia ihren schwarzen, straffhaarigen, schweren Kopf gegen seine Schulter lehnte und an seinem Halse flüsterte: »Arnold, Arnold Matthews.«

»Schon gut, schon gut«, sagte er, rieb ihr mit dem Finger den Haarscheitel, zwinkerte dabei seinem Spiegelbild hinter ihr zu und blickte an der Rückseite ihres Kleides hinunter.
»Du weinst doch nicht?«
»Nein.«
»Aber ja doch – ich spür' es ja naß!«
Sie fuhr sich mit dem Ärmel über die Augen. »Verrat keinem Menschen, daß ich geweint habe!«
»Jedem werd' ich's erzählen, der Mrs. T. werd' ich es sagen und der Mrs. L.! Dem Polizisten und Edith und meinem Papa und auch Mrs. Chapman: Patricia hat sich an meiner Schulter ausgeheult wie eine dumme Ziege, zwei Stunden hat sie geflennt, und ihre Tränen hätten einen Waschzuber bis oben anfüllen können. Aber ich mach' nur Spaß«, sagte er.
Kaum waren er, Patricia und Edith zum Park aufgebrochen, begann es zu schneien. Ganz unerwartet tanzten große Flokken auf den steinigen Hügel hernieder, und der Himmel wurde abendlich dunkel, obwohl es erst drei Uhr nachmittags war. Ein zweiter Junge, irgendwo in den Kleingärten hinter den Häusern, schrie jubelnd auf, als die ersten Flocken fielen. Mrs. Ocky Evans öffnete das oberste Erkerfenster von Springmead und streckte Kopf und Arme weit hinaus, als wollt' sie den Schnee mit Händen auffangen. Er wartete widerspruchslos darauf, daß Patricia sagen werde: »Rasch, beeil dich, daß du nach Hause kommst, es fängt an zu schneien!«, und ihn aus dem Freien hineinjagen werde noch ehe er sich die Füße hätte naß machen können. Patricia kann den Schnee noch gar nicht bemerkt haben, sagte er sich oben auf dem Hügel, obwohl es nun schon recht heftig schneite, ihr direkt ins Gesicht und auf ihren schwarzen Hut, der zusehends weißer wurde. Der Junge wagte kein Wort, aus Furcht, sie aus ihren Gedanken zu wecken, während sie um die Ecke bogen und die Straße zum Park hinunterschritten. Er blieb langsam zurück, um seine Mütze abzunehmen und den Schnee mit dem Mund aufzufangen.
»Setz deine Mütze auf«, sagte Patricia, sich umwendend.

»Willst du dich denn auf den Tod erkälten?«
Sie stopfte ihm den Schal in den Mantelkragen und sagte zu Edith: »Glaubst du, daß er bei dem Schneetreiben kommen wird? Eigentlich müßte er kommen, denkst du nicht auch? Er war immer da an meinem freien Mittwochnachmittag, bei jedem Wetter!« Ihre Nasenspitze war gerötet, ihre Wangen glühten förmlich, sie sah im Schnee hübscher aus als im Sommer, wenn ihr das Haar schlaff an der nassen Stirn klebte und sich auf ihrem Rücken ein schweißfeuchter Fleck ausbreitete.
»Er wird ganz gewiß kommen«, sagte Edith. »Einmal, am Freitag, war ein Platzregen, und doch ist er gekommen. Er kann nirgend anderswo hingehen, er ist immer da. Armer Arnold!« Sie sah weiß und sauber aus in ihrem pelzbesetzten Mantel und wirkte zweimal so klein wie Patricia. Durch den dichten Schnee schritt sie aus, als ginge sie einkaufen.
»Die Welt ist voller Wunder«, sagte der Junge laut vor sich hin. Patricia ließ ihn durch den Schnee stapfen, er durfte bei Schneetreiben mit zwei großen Mädchen Schritt halten! Er setzte sich mitten auf die Straße. »Ich sitz' auf einem Schlitten«, sagte er. »Zieh mich, Patricia, zieh mich wie einen Eskimo!«
»Augenblicklich stehst du auf, du Strolch, oder marsch nach Hause mit dir!«
Er sah, daß es nicht ihr Ernst war. »Liebe Patricia, schöne Patricia«, sagte er, »zieh mich auf dem Arsch durch den Schnee!«
»Noch ein einziges so ungehöriges Wort, und du weißt, wem ich's berichten werde!«
»Arnold Matthews«, sagte er.
Patricia und Edith rückten näher aneinander.
»Er kriegt alles mit«, flüsterte Patricia.
Darauf Edith: »Ich bin so gottsfroh, daß ich nicht in deiner Haut stecke.«
»Oh«, sagte Patricia, fing den Jungen an der Hand und preßte sie unter ihren Arm. »Nicht um alles in der Welt würd' ich ihn hergeben!«

Er rannte den Kiesweg zur oberen Parkpromenade hinunter.
»Ich bin ein verwöhnter Bengel!« schrie er. »Verwöhnt bin ich, Patricia verwöhnt mich!«
Nicht lange mehr, und der Park würde über und über in Weiß gehüllt sein; schon waren die Bäume rund um das Fontänenbecken weißlich gesprenkelt, und das Lehrerseminar auf dem Stechginsterhügel war in einer Wolke verschwunden. Patricia und Edith nahmen den steilen Pfad hinunter zum Schutzdach.
Er folgte ihnen über den Rasen, dessen Betreten verboten war, und schlüpfte hinter ihnen geradewegs in einen kahlen Strauch, doch der Aufprall und die Dornen entlockten ihm nur einen Schrei, taten ihm aber keinen Schaden. Die Mädchen tuschelten nun recht trübselig miteinander. Sie schüttelten sich in dem leeren Unterstand die Mäntel ab, versprühten Schnee auf die Sitze und nahmen Platz, noch immer eng aneinandergedrückt, an der Außenseite des Fensters zum Bowling Club.
»Wir sind eben noch zur Zeit gekommen«, sagte Edith. »Es ist nicht leicht, bei Schneefall pünktlich zu sein.«
»Kann ich hier ein bißchen spielen?«
Patricia nickte. »Aber mach keinen Lärm, toll nicht zu sehr im Schnee herum!«
»Schnee! Schnee! Schnee!« rief er, faßte ins Abflußgitter und formte einen kleinen Schneeball.
»Vielleicht hat er Arbeit gefunden?« sagte Patricia.
»Arnold doch nicht!«
»Und wenn er überhaupt nicht kommt – was dann?«
»Er muß kommen, Patricia. Sag so was erst gar nicht!«
»Hast du seine Briefe mitgebracht?«
»Da, in meiner Handtasche sind sie. Wieviele hast du denn gekriegt?«
»Nein, wieviele du, Edith?«
»Ich hab' sie nicht gezählt.«
»Zeig mir einen«, sagte Patricia.
Mittlerweile hatte der Junge sich an das Geschwätz der Mädchen gewöhnt: die zwei waren alt und ein bißchen plemplem,

saßen da unter dem leeren Schutzdach und flennten über nichts und wieder nichts. Patricia las soeben einen Brief und bewegte die Lippen dazu.
»Das hat er auch mir geschrieben«, sagte sie, »daß ich sein Schicksal war.«
»Und begonnen hat er mit ›Teures Herz‹?«
»Jedes Mal: ›Teures Herz‹.«
Edith brach nun wirklich in Tränen und lautes Weinen aus. Mit einem Schneeball in der Hand sah der Junge ihr zu, wie sie sich auf ihrem Sitz herumdrehte und das Gesicht in Patricias schneenassem Mantel vergrub.
Patricia streichelte und beruhigte Edith, wobei sie kopfschüttelnd sagte: »Wenn er kommt, werd' ich ihm gründlich den Kopf waschen!«
Wenn wer kommt? Er warf den Schneeball hoch hinauf in die lautlos herniederwirbelnden Flocken. Ediths Weinen in dem totenstillen Park war so deutlich vernehmbar, als fiepte jemand auf einer Flöte, und so tat er, als achtete er gar nicht auf die verliebten Mädchen, ja hielt sich ihnen fern für den Fall, daß ein Fremder des Weges käme, ein Mann in hohen Stiefeln, oder ein spottender, größerer Junge von den Uplands, und er häufte Schnee gegen den Drahtzaun des Tennisplatzes und stieß die Hände in das Weiß wie ein Bäcker beim Brotteigkneten. Während er in dem Schneehaufen wühlte und ihn zu Brotlaiben formte, wobei er im Flüsterton sagte,: »So wird's gemacht, Ladies and Gentlemen«, hob Edith den Kopf und sagte: »Patricia, versprich mir, sei nicht häßlich zu ihm! Wir wollen beide ganz ruhig und freundlich sein.«
»Einer jeden von uns ›Teures Herz‹ zu schreiben«, sagte Patricia verärgert. »Hat er dir je die Schuhe gelöst und dich an den Zehen gefaßt und –«
»Nein, nein, hör auf, so darfst du nicht sprechen!« Edith führte die Finger an die Wange. »Ja, er hat's getan«, sagte sie dann.
»Jemand hat Edith an den Zehen gezupft«, sagte der Junge vor sich hin und rannte heimlich lachend zur anderen Seite

des Schutzdaches. »Edith ist zum Markt gegangen«, lachte er hellauf und hielt sofort inne beim Anblick eines jungen Mannes, der ohne Überrock in der Ecke saß und sich in die hohlen Hände hauchte. Er hatte einen weißen Schal umgebunden und eine karierte Kappe auf dem Kopf. Sobald er den Knaben erblickte, zog er die Kappe tief über die Augen. Seine Hände waren bläulichfahl, ihre Fingerspitzen gelb.
Der Junge rannte zu Patricia zurück. »Patricia, da ist ein Mann!« schrie er.
»Ein Mann? Wo?«
»Auf der andern Seite. Er hat keinen Mantel an und haucht sich in die Hände – so!«
Edith sprang auf. »Das ist Arnold!«
»Arnold Matthews, Arnold Matthews, wir wissen, daß du da drüben bist!« Patricia rief es um die Ecke, und, nach einer langen Minute, kam der Mann herüber, lüftete lächelnd die Kappe und lehnte sich gegen eine der Holzstützen.
Die Hosen seines glatten, blauen Anzugs wurden nach unten weiter; die Schultern waren hoch und hart wattiert mit scharfen Kanten; die spitzen Lackstiefel waren auf Hochglanz poliert; ein rotes Taschentuch ragte ihm aus der Brusttasche: er war also nicht draußen im Schnee gewesen.
»Schätze, ihr zwei seid miteinander bekannt«, sagte er laut und blickte auf die Mädchen mit den rotverweinten Augen und den starr und mit offenem Mund bei Patricia stehenden Jungen, der die Taschen voller Schneebälle hatte.
Patricia warf den Kopf zurück, und der Hut rutschte ihr übers eine Auge. Während sie ihn zurechtrückte, sagte sie mit ihrer gröbsten Waschküchenstimme: »Her da, Arnold Matthews, und Platz genommen! Du hast uns Rede und Antwort zu stehen!«
Edith umklammerte ihren Arm: »Oh Patricia, denk dran, was du versprochen hast!« Sie faßte nach dem Rand des Taschentuchs. Eine Träne lief ihr die Wange hinunter.
Da sagte Arnold ganz zahm: »Sag doch dem Kleinen, er soll woanders spielen.«

Der Junge lief einmal um das Schutzdach herum, aber so schnell, daß er Edith noch sagen hörte: »Du hast ein Loch am Ellbogen, Arnold«, und sah, wie der junge Mann mit den Füßen im Schnee scharrte und auf all die Namen und Herzen starrte, die hinter den Köpfen der Mädchen in die Wand gekerbt waren.

»Mit wem bist du am Mittwoch ausgewesen?« fragte Patricia. Ihre plumpen Hände hielten Ediths Brief gegen die schneebestäubten Falten ihres Oberkörpers gepreßt.

»Mit dir, Patricia.«

»Und mit wem bist du am Freitag ausgewesen?«

»Mit Edith, Patricia.«

Zu dem Jungen sagte er: »Du da, Bürschchen, kannst du einen Schneeball so lange rollen, bis er so groß ist wie ein Fußball?«

»Aber sicher – so groß wie zwei Fußbälle!«

Arnold wandte sich wieder an Edith und sagte: »Wie kannst du Patricia Davies kennen? Du arbeitest doch in Brynmill?«

»Ich hab' erst vor kurzem in Cwmdonkin angefangen«, sagte sie, »hab' dich aber seither noch nicht getroffen, um dir's zu sagen. Heute wollte ich's tun, bin dir aber hinter die Schliche gekommen. Wie konntest du nur, Arnold? Mit mir an meinem freien Nachmittag, und mit Patricia am Mittwoch!«

Aus dem Schneeball war ein gedrungener Schneemann geworden, mit schiefem, schmutziggrauem Kopf und einem Gesicht voller Zweige, mit einer Jungenmütze auf dem Kopf und einem Bleistift als Zigarette.

»Ich hab' das überhaupt nicht bös gemeint«, sagte Arnold. »Ich liebe ja jede von euch.«

Edith schrie auf. Der Junge tat einen Satz vorwärts, der Schneemann brach sich das Kreuz und stürzte in sich zusammen.

»Bind wem andern deine Lügen auf, wie kannst du eine jede von uns lieben?« schrie Edith und schüttelte ihre Handtasche gegen Arnold. Die schnappte auf, und ein Bündel Briefe fiel in den Schnee.

»Laß die Finger von diesen Briefen!« sagte Patricia.
Arnold hatte sich nicht gerührt. Der Junge suchte in den Trümmern des Schneemanns nach dem Bleistift.
»Und jetzt entscheidest du dich, Arnold – jetzt und auf der Stelle!« sagte Edith. »Sie oder ich!«
Patricia wandte ihm den Rücken. Edith, noch immer die offen herabhängende Tasche in der Hand, stand regungslos. Der Schneewind blätterte die oberste Seite eines Briefes auf.
»Ihr zwei beide«, sagte Arnold, »seid ja ganz aus dem Häuschen. Setzt euch her und redet vernünftig. Und wein doch nicht so, Edith! Es gibt hunderte von Männern, die nicht nur eine einzige Frau lieben, das könnt ihr überall nachlesen.«
Patricia blickte auf die eingekerbten Herzen und Pfeile und die verwitterten Namen. Edith sah zu, wie die Briefseiten sich im Wind flappend aufrollten.
»Also, dann sollst *du* es sein, Patricia«, sagte Arnold. Noch immer stand Patricia abgewandt. Edith tat den Mund auf, um laut herauszuweinen, doch Arnold hielt den Finger an die Lippen. Er flüsterte, für Patricia unhörbar. Der Junge ließ ihn nicht aus den Augen, wie er Edith mit stummen Versprechungen beschwichtigte. Aber sie schrie abermals auf und rannte hinaus ins Freie und den Pfad hinunter, und die Handtasche schlug ihr gegen die Beine.
»Patricia«, sagte der junge Mann, »dreh dich herum zu mir. Ich hab' es sagen *müssen*. Wirklich, *du* bist es, die ich liebe, Patricia!«
Der Knabe beugte sich über den Schneemann und entdeckte, daß der Bleistift dessen Kopf durchbohrt hatte. Als er sich aufrichtete, erblickte er Patricia und Arnold Arm in Arm.
Der Schnee sickerte dem Jungen durch die Taschen, der Schnee schmolz ihm in den Schuhen, der Schnee rann ihm in Kragen und Unterzeug. »Schau dich an, wie du aussiehst«, sagte Patricia, eilte herzu und hielt ihn an den Händen fest. »Durch und durch naß, zum Auswinden bist du.«
»Wegen dem bißchen Schnee«, sagte Arnold, der sich plötzlich alleingelassen fand.

»Vonwegen! Bißchen Schnee – der Junge ist ja schon so kalt wie Eis, und seine Schuhe sind durchweicht wie ein Schwamm. Gleich kommst du mit und marsch nach Haus' mit dir!«
Alle drei erklommen nun den Pfad zur oberen Promenade, und Patricias Fußstapfen waren so groß wie die von Pferdehufen in dem immer tiefer werdenden Schnee.
»Da, jetzt kannst du unser Haus sehen, das Dach ist schon ganz weiß!«
»Gleich sind wir da, Herzchen, gleich!«
»Ich möcht' lieber heraußenbleiben und einen Schneemann machen, der aussieht wie Arnold Matthews.«
»Still jetzt! Deine Mutter wird schon warten. Du mußt jetzt ins Haus!«
»Nein, die wartet ja noch gar nicht. Die ist zu Mr. Robert, der hat seine lüsternen Tage – Tage, Plage, Klage!«
»Du weißt ganz gut, daß sie mit Mrs. Partridge einkaufen ist, also brauchst du keine so boshaften Lügen zu erzählen.«
»Es ist aber Mr. Arnold Matthews, der Lügen erzählt! Er hat gesagt, er hat dich viel lieber als Edith, und ihr dabei hinter deinem Rücken heimlich Zeichen gemacht!«
»Ich schwör's, das hab' ich nicht getan, Patricia – ich mach' mir überhaupt nichts aus Edith!«
Patricia blieb stehen. »Also liebst du Edith nicht?«
»Nein, ich hab' dir doch gesagt, daß nur du in Frage kommst. Keine Rede von Liebe zu ihr!« beteuerte er. »Mein Gott, was für ein Tag! Glaubst du mir denn nicht? Du bist's, Patricia, Edith bedeutet mir überhaupt nichts! Rein aus Gewohnheit hab' ich sie getroffen – ich bin doch die ganze Zeit im Park.«
»Aber du hast ihr gesagt, daß du sie liebst.«
Der Junge stand verwirrt zwischen den beiden. Warum war Patricia so wütend und nahm alles so ernst? Das Gesicht glühte ihr und ihre Augen blitzten. Ihre Brust wogte heftig. Er sah die lange Behaarung ihres Beins durch eine Laufmasche des Strumpfes. Ihr Bein ist so dick wie ich um den

ganzen Bauch, dachte er. Mir ist kalt; ich will heißen Tee haben; und der Schnee rinnt mir schon bis zum Hosenlatz hinunter.

Arnold schritt langsam den Pfad wieder hinab. »Das hab' ich ihr sagen müssen, oder ich wär' sie nicht losgeworden. Ich hab' es müssen, Patricia! Du hast ja gesehen, wie sie sich aufgeführt hat! Ich mag sie nicht – da kannst du mich hineinschießen!« Er wies auf seine Brust.

»Peng! Peng!« schrie der Junge.

Patricia versetzte Arnold plötzlich eine Ohrfeige, riß ihm den Schal vom Hals und stieß mit dem Ellbogen nach ihm. Sie puffte und knuffte ihn den Pfad hinunter und schrie mit sich überschlagender Stimme: »Ich will dich lehren, Edith zu belügen! Du Schwein, du Dreckskerl du! Ich werd' dir geben, ihr das Herz zu brechen!«

Er schützte sein Gesicht gegen ihre Schläge, während er rücklings hinabstolperte. »Patricia, Patricia, so hör doch auf zu hauen! Da kommen Leute!«

Als Arnold hinfiel, spähten zwei Frauen unter aufgespannten Schirmen hinterm Strauchwerk durch den wirbelnden Schnee herüber.

Patricia stand jetzt über Arnold. »Sie hast du belogen und mich hast du belogen«, sagte sie. »Steh auf, Arnold Matthews!«

Er raffte sich empor, band sich den Schal zurecht und wischte sich die Augen mit dem roten Taschentuch. Dann hob er seine Kappe auf und machte sich in Richtung des Schutzdaches davon.

»Und was euch beide angeht«, sagte Patricia, sich an die lauernden Weiber wendend, »so solltet ihr euch schämen! Zwei alte Weiber, die sich im Schnee herumtreiben!«

Die beiden verdrückten sich in die Büsche.

Patricia und der Junge stiegen nun Hand in Hand aufs neue zur oberen Promenade hinauf.

»Ich hab' meine Kappe beim Schneemann liegen lassen«, entsann er sich. »Es ist die mit den Tottenham-Farben!«

»Lauf schnell zurück«, sagte sie. »Nässer als du schon bist, kannst du sowieso nicht mehr werden!«
Er fand seine Kappe halb im Schnee vergraben. In einer Ecke des Unterstands saß Arnold und las in den Briefen, die Edith hatte fallen lassen. Langsam, Blatt für Blatt, wendete er die durchnäßten Seiten. Er bemerkte den Jungen nicht, und dieser, hinter einer der Holzstützen versteckt, störte ihn nicht. Arnold las sorgfältig jeden der Briefe.
»Hast aber lange genug gebraucht, um deine Kappe zu finden«, sagte Patricia. »Hast du den jungen Mann noch gesehen?«
»Nein«, sagte er. »Er war schon fort.«
Zu Hause, im warmen Wohnzimmer, zog Patricia den Jungen zum andernmal um. Er streckte die Hände gegen das Feuer, so daß sie ihn alsbald zu schmerzen begannen.
»Meine Hände brennen wie Feuer«, sagte er. »Und meine Zehen und mein Gesicht auch!«
Nachdem sie ihn getröstet hatte, sagte sie: »So, jetzt geht's schon wieder besser. Der erste Schmerz ist überstanden. Das geht nun mal nicht von heut' auf morgen.« Sie machte sich im Zimmer zu schaffen. »Na, heute haben wir alle miteinander einen rechtschaffen verheulten Tag gehabt.«

Der Kampf

Ich stand an der Ecke des unteren Spielplatzes und ärgerte Mr. Samuels, der das Haus direkt unter dem hohen Geländer bewohnte. Einmal pro Woche führte Mr. Samuel Klage darüber, daß die Schulbuben ihm Äpfel und Steine durchs Fenster ins Schlafzimmer würfen. Er saß in einem Liegestuhl in dem engen Geviert eines gestutzten Gartens und versuchte, die Zeitung zu lesen. Ich stand nur wenige Meter von ihm. Ich starrte ihn beharrlich an. Er tat, als bemerkte er mich gar nicht, aber ich wußte ganz genau, wie sehr er mich wahrnahm in meiner unverfrorenen Ruhe. Immer wieder warf er hinter seiner Zeitung hervor einen verstohlenen Blick nach mir, wie ich da reglos und ernst und allein verharrte, meine Augen auf die seinen geheftet. Sobald er die Beherrschung verlor, machte ich mich auf den Heimweg. Beinahe kam ich zu spät zum Mittagessen. Ich war nahe daran gewesen, ihn zu schlagen, die Zeitung in seinen Händen hatte schon gezittert, sein Atem war schon heftiger gegangen – und da war ich von einem fremden Jungen, den ich nicht hatte kommen hören, die Böschung hinuntergestoßen worden!

Ich warf einen Stein nach seinem Gesicht. Er nahm die Brille ab, steckte sie in die Manteltasche, zog den Mantel aus, hängte ihn säuberlich übers hohe Geländer und ging auf mich los. Während wir am oberen Rand der Böschung in einen Ringkampf verwickelt waren, drehte ich mich herum und sah, daß Mr. Samuels die gefaltete Zeitung auf den Liegestuhl gelegt und sich erhoben hatte, um uns zuzusehen. Es war ein Fehler gewesen, mich umzudrehen. Der fremde Junge verpaßte mir zwei ins Genick. Mr. Samuels hüpfte vor Vergnügen, als ich gegen das Geländer taumelte. Da lag ich nun im Dreck, wütend und zerkratzt und mit zusammengebissenen Zähnen, und war gleich darauf wieder auf den Beinen und tanzte um meinen Gegner herum, gab ihm per Kopf eins in den Bauch –

und wir purzelten übereinander. Durch mein verschwollenes Auge sah ich, daß er aus der Nase blutete. Ich landete einen weiteren Fausthieb auf seiner Nase. Er zerrte mich am Kragen, erwischte mich bei den Haaren und wirbelte mich um und um.

»Los, nur weiter! Nur weiter!« hörte ich Mr. Samuels schreien.

Beide wandten wir uns ihm zu. Er schüttelte die Fäuste und hüpfte in seinem Garten herum. Dann hielt er inne und hustete, rückte sich den Panamahut zurecht, vermied dabei uns anzusehen, wandte uns den Rücken und schritt gemächlich auf seinen Liegestuhl zu.

Zu zweit warfen wir mit Kieseln nach ihm.

»Dem werd' ich's geben, mit seinem ›Nur weiter!‹ «, sagte der Junge, als wir längs des Spielplatzes vor Mr. Samuels Geschrei Reißaus nahmen und die Hügelstufen hinunterliefen.

Wir gingen miteinander heim. Ich bewunderte meines Gegners blutende Nase. Er sagte, mein Auge sehe aus wie ein pochiertes Ei, nur ganz schwarz.

»Hab' noch nie so viel Blut auf einmal gesehen«, sagte ich. Er sagte, ich hätte das schönste blaue Auge von ganz Wales, ja vielleicht sogar das blaueste von ganz Europa. Er wettete, daß selbst Tunney noch nie im Leben ein so blaues Auge gehabt habe.

»Und dein Hemd ist über und über voll Blut!«

»Manchmal kommt das Blut bei mir wie ein Sturzbach«, sagte er.

Auf Walter's Road kamen wir an einem Rudel Mädchen der Höheren Töchterschule vorbei, und ich rückte mir die Mütze recht verwegen ins Gesicht und hoffte, mein Auge sei so groß wie 'ne blaue Einkaufstüte, und er schritt mit aufgeschlagenem Mantel einher, um die Blutflecke zur Schau zu stellen.

Während des ganzen Mittagessens hieß es, ich sei ein Rowdy und Raufbold und so schlecht wie ein Junge von den Sandbanks, und ich sollte mehr Respekt haben; ich saß ganz still, wie Tunney, hinter meinem Sagopudding. Am Nachmittag ging ich mit einer Augenbinde zur Schule. Hätte ich eine schwarzseidene Binde gehabt, ich wäre so stolz und verwegen gewesen wie der verwundete Piratenkapitän in dem Buch, darin meine Schwester immer las und das ich in der Nacht unter der Bettdecke verschlang, heimlich beim Licht einer Taschenlampe.

Auf der Straße rief mir ein Junge aus einer minderen Schule, wo die Eltern nichts zu bezahlen brauchten »Einäuglerter« nach, mit rauher, mutierender Stimme. Ich schenkte dem keine Beachtung, sondern ging pfeifend meines Wegs über die Terrace Road, das heile Auge auf die segelnden Sommerwolken gerichtet. Ich war nicht beleidigt.

Der Mathematiklehrer sagte: »Ich sehe, daß Mr. Thomas in der letzten Reihe sich die Augen überanstrengt hat. Aber doch wohl nicht über seiner Hausaufgabe, nicht wahr, meine Herren?«

Gilbert Rees, der mir am nächsten saß, lachte am lautesten.

»Nach der Schule brech ich dir die Knochen«, sage ich.

Heulend würde er zum Direktor hinaufhumpeln. Ganz still würde es im Schulhaus sein. Dann die Mitteilung, vom Schulwart auf einem Tablett überbracht: »Kompliment vom Herrn Direktor, Sir, und Sie möchten sogleich mit mir kommen.« »Wie kamen Sie dazu, diesem Jungen das Bein zu brechen?« »Oh, verflucht und zugenäht, wie das wehtut!« heult Gilbert Rees. »Ach, ich hab' ihn nur so in den Griff genommen«, würd' ich sagen. »Ich kenne meine eigene Kraft nicht. Tut mir leid. Aber kein Grund zur Aufregung, lassen Sie mich das Bein mal ansehen, Sir.« Ein paar rasche Handgriffe, ein Knochenknacken: »Dr. Thomas, Sir, zu Diensten.« Dann Mrs. Rees auf den Knien: »Wie kann ich Ihnen nur danken?« »Nicht der Rede wert, meine Teuerste. Spülen Sie ihm jeden Morgen die Ohren gründlich aus, werfen Sie seine Lineale weg, schütten Sie seine rote und seine grüne Tinte in den Ausguß.«

In Mr. Trotters Zeichenstunde zeichneten wir nackte Mädchen gänzlich falsch auf Blätter, die wir unter unseren Vasen-Studien verbargen, und gaben sie unter der Bank weiter. Manche dieser Skizzen wiesen ungewöhnliche Details auf, bei anderen lief die Taille in den Schwanz einer Wassernixe aus. Gilbert Rees war der einzige, der nur die Vase abzeichnete.

»Sie schlafen wohl lieber mit Weibern, Sir?«
»Wie meinen?«
»Würden Sie mir ein Messer leihen, Sir?«
»Was würden Sie anfangen mit einer Million Pfund?«
»Einen Bugatti kaufen und einen Rolls und einen Bentley, und mit 300 km/h über Pendine Sands rasen.«
»Ich würd' mir einen Harem zulegen und mir die Mädels aus dem Gymnasium holen.«
»Und ich ein Haus wie das von Mrs. Cotmore-Richard, nur zweimal so groß, und einen Kricketplatz und einen Fußballplatz und eine Garage mit sämtlichem Drum und Dran zusamt einer Hebebühne.«
»Und ein Scheißhaus, so groß – na, wie der Melba-Pavillon, mit Plüschsitzen und goldenen Spülungsketten und . . .«
»Und ich würd' nur Zigaretten mit echtem Goldmundstück rauchen, schöner als im Blue Book von Morris.«
»Ich würde alle Eisenbahnzüge aufkaufen, und nur die Vierte dürfte mit ihnen reisen.«
»Aber nicht Gilbert Rees!«
»Was ist das Weiteste, wo du gewesen bist?«
»Ich war schon bis Edinburgh.«
»Mein Vater ist bis nach Saloniki gekommen im Krieg.«
»Wo ist das, Cyril?«
»Geh, Cyril, erzähl uns von Mrs. Pussie Edwards in der Hannover Street!«
»Na gut, mein Bruder sagt, bei der kann er alles machen.«
Ich zog ein wildes Fragezeichen unterhalb der Hüftlinie meines Mädchens und schrieb ›Pussie Edwards‹ in ganz kleiner Schrift an den unteren Rand.

»Vorsicht!«
»Weg mit den Zeichnungen!«
»Wetten, daß ein Windhund schneller ist als ein Pferd?« Jeder von uns hatte die Zeichenstunde gern – bis auf Mr. Trotter.

Abends, vor dem Besuch bei meinem neuen Freund, saß ich in meiner Schlafkammer neben dem Boiler und las in meinen Schmierheften voller Gedichte. »Achtung, nicht berühren«, stand auf ihrem Rücken. An den Wänden meines Schlafraums hingen Bildnisse von Shakespeare, Walter de la Mare, herausgerissen aus der Weihnachtsnummer von Vaters *Bookman,* Robert Browning, Stacy Aumonier, Rupert Brooke und von einem bärtigen Mann, den ich als Whittier identifiziert hatte. Die ›Hoffnung‹ von Watts hing noch da und das Zertifikat einer Sonntagsschule, das abzunehmen ich mich genierte. Ein Gedicht von meiner Hand, das man in der Kolumne ›Wales Day by Day‹ der *Western Mail* abgedruckt hatte, klebte auf dem Spiegel, um mir täglich die Schamröte ins Gesicht zu treiben, aber ich schämte mich seiner nicht mehr. Quer über das Gedicht hatte ich mit einem gestohlenen Federkiel ›Gruß von Homer‹ geschrieben. Stets war ich auf eine Gelegenheit aus, jemanden in meine Schlafkammer mitzunehmen – »Komm mal mit auf meine Bude! Entschuldige die Unordnung! Nimm dir einen Stuhl – nein, nicht den da, der ist kaputt!« –, und ihn so zu zwingen, das Gedicht ganz zufällig zu bemerken. »Ich hab's dorthingeklebt, damit ich mich besser schämen kann.« Aber nie kam jemand herein – bis auf meine Mutter.
Als ich in der Abenddämmerung zum Haus meines neuen Freundes schritt, durch solide, verlassene, ordentliche, von Bäumen gesäumte Straßen, rezitierte ich Strophen aus meinen Gedichten vor mich hin und vernahm meine Stimme wie die eines Fremden. Auf dem Park Drive, begleitet vom Klappern meiner genagelten Schuhe, klang sie recht dünn inmitten des eindrucksvollen Herbstabends.

Ist meines Geistes Gebild
ein Zwischengeweb nur, ein Flor?
Leidenschaftsvoll, doch verhüllt
Quillt ihm das Denken hervor
Aus Bornen verstohlner Begier
Und satanisch verblendet zum Tier.

Hätte ich durch eines der Fenster auf die Straße geblickt, so hätt' ich einen rotbemützten Jungen in großen Schuhen mitten auf der Fahrbahn ausschreiten sehen und mich gefragt, wer das wohl sein mochte. Wär' ich ein junges Mädchen gewesen, am Fenster mit dem Gesicht der Mona Lisa, das rabenschwarze Haar zu Ohrschnecken gedreht wie Kopfhörer, so hätte mir seine mannhafte Gestalt unterhalb von ›Boys' Departement‹ gefallen, sonnenverbrannt und mit dichtem Haar, und ich hätte gerufen und ihn gefragt »Möchten Sie lieber Tee oder Cocktails?«, und dann hätte ich seine Stimme den ›Grashalm-Psalm‹ rezitieren hören im dämmrigen Dunkel des buntfarbigen Wohnzimmers, dessen Wände behängt waren mit den Reproduktionen berühmter Meister und die von Buchrücken schimmerten und von funkelnden Weinflaschen:

Der Frost überfiel
Als ein zartblumig tödliches Spiel,
Als ein Dunkel, ein Beinahe-Nichts
In den Flecken des mondenen Lichts
Mein einsames Haupt, so bar unter unleidlich rotem
Haar.

Der Frost, ach er sprach
Nur verstohlen, doch eisflockig wach
Und nicht sichtbar, blaugläsernen Munds
Unterm Schimmern des sternenen Runds,
Und sprach nur zu meinem Ohr – sprach in traumgleichem
Tränenflor.

Der Frost, er versteht,
Was im Ratschluß der Winde geweht,
Und er weiß, daß in meinem Gemüt,
Tief im Innern, ein Dschungel erblüht
Zu jahrgrünem Lob, zur Klage, im Keim meiner Reifetage.

Der Frost, er belädt
Aus der Sucht, die die Nacht ihm verrät,
Und befrachtet mit himmlischer Fracht
Und vom schwebenden Schnee überdacht,
Mein Herz mir mit Weltraum-Gier, die nun schwebt überm leeren Hier.

»Sieh mal an! Ein fremder Junge, der ganz allein daherkommt wie ein Prinz!«
»Oh, nein, wie ein Wolf! Sieh doch seinen ausgreifenden Schritt!« Die Kirche von Sketty ließ ihre Glocken eigens für mich ertönen.

Wenn erst mein Leib zerfiel
Und, was dran sterblich war,
Staub ist im stummen, mich fordernden Spiel
Drohenden Unsterns, der klar. . .

deklamierte ich. Ein junger Mann, Arm in Arm mit einer Frau, trat plötzlich zwischen den Häusern aus einer Seitengasse hervor. Ich wechselte von meiner Deklamation zu einer Melodie und ging summend an ihnen vorüber. Jetzt würden die beiden heimlich über mich lachen, ihre widerlichen Leiber eng aneinandergeschmiegt. Weibisch, weichlich, verträumt, langes Haar. Ich stieß einen gellenden Pfiff aus, trat mit dem Fuß gegen eine Ladentür und blickte über die Schulter zurück. Das Paar war weg. Und jetzt ein Tritt gegen den ›Ulmengasthof‹. Wo haben Sie denn die verdammten Ulmen, Mister? Und hier eine Faustvoll Schotter, Mrs. ›Zum Landmann‹, mitten in Ihre Fensterscheibe. Einmal, zur Nachtzeit,

würde ich mit Anstreicherfarbe ›ARSCH‹ quer über die Eingangstür zum ›Kia Ora‹ schmieren!
Eine Frau stand auf den Stufen zum ›Lyndhurst‹, mit einem geifernden Pommernköter, und schon war ich, die Mütze hastig in die Tasche gestopft, fort und die Straße hinunter; und da war Dans Haus ›Zur Gemütlichkeit‹, und die Musik hallte laut auf die Straße heraus.
Er war Komponist und Dichter dazu. Noch vor seinem zwölften Lebensjahr hatte er sieben historische Romane geschrieben und er spielte Klavier und Geige. Seine Mutter stickte Bilder in Wolle, sein Bruder war bei den Docks angestellt und machte Musik mit seltsamen Synkopen, seine Tante führte eine Vorbereitungsschule im ersten Stock, und sein Vater schrieb Orgelmusik. All das hatte er mir erzählt, als wir blutverschmiert nach Hause gegangen waren, vorbei an den Gymnasialweibern, und den Burschen in den Trambahnen zugewinkt hatten.
Die Mutter meines neuen Freundes kam zur Tür mit einem Wollknäuel in der Hand. Dan, im oberen Wohnzimmer, hörte mich eintreten und drosch lauter auf das Klavier.
»Ich hab' dich gar nicht hereinkommen hören«, sagte er, sobald ich bei ihm war. Er beendete sein Spiel mit großem Akkord, sämtliche Finger gestreckt.
Das Zimmer war großartig verschlampt, überall lagen Wolle und Papierblätter herum, die Schränke standen offen, vollgestopft mit allem Möglichen, das man nie finden konnte; das gesamte teure Mobiliar war schadhaft; vom Lüster hing eine Weste. Für immer und ewig, so dachte ich, könnt' ich in diesem Zimmer leben, schreiben und mich balgen und Tinte verspritzen, ich könnte meine Freunde zu nachmitternächtlichen Picknicks einladen, mit Wallers Rumtrüffeln und Apfelpudding à la Russe von Eynon's, und mit Cydrax und Vino.
Er zeigte mir seine Bücher und seine sieben Romane. In allen ging es um Schlachten, Belagerungen und Könige. »Unreifes Zeug, nichts weiter«, sagte er.

Er ließ es zu, daß ich seine Geige aus dem Kasten nahm und eine Katzenmusik vollführte.
Wir saßen auf einem Sofa am Fenster und schwatzten, als hätten wir einander schon von je gekannt. Ob die ›Swans‹ wohl die ›Spurs‹ schlagen würden? Ab welchem Alter konnten Mädchen Kinder kriegen? War Arnotts Notendurchschnitt im letzten Jahr besser gewesen als der von Clay?
»Da draußen auf der Straße, das ist mein Vater«, sagte er. »Der Lange, der so mit den Armen fuchtelt.«
Zwei Männer unterhielten sich auf den Tramwayschienen. Mr. Jenkyn machte den Eindruck, als wär' er drauf und dran, die Eversley Road hinunterzuschwimmen, er machte Brustschwimmbewegungen in der leeren Luft und stieß die Füße gegen den Boden. Schließlich erlahmte er und zog die eine Schulter hoch.
»Vielleicht beschreibt er einen Kampf«, sagte ich.
»Oder er erzählt Mr. Morris irgendwas über Krüppel«, meinte Dan. »Kannst du Klavier spielen?«
»Akkorde anschlagen schon, aber keine Melodien«, sagte ich.
Wir spielten kreuzhändig ein Duett.
»Na, von wem ist diese Sonate da?«
Wir exekutierten eine von Dr. Percy, dem größten Komponisten vierhändiger Stücke, und ich war Paul America, der Pianist, und Dan war Winter Vaux.
Ich las ihm aus einem Schmierheft vor, das lauter Gedichte enthielt. Er lauschte verständnisvoll wie ein Junge von hundert Jahren, mit schiefem Kopf und einer auf die geschwollene Nase gerutschten Brille. »Das hier heißt ›Verzerrung‹«, sagte ich. Ich las:

Gleich Sonnen, rot vom Tränenfluß,
Fünf Sonnen im Glas,
Vereint und doch auch für sich, und jede für sich rund,
Rot vielleicht, doch das Glas so fahl wie Gras,
Gleiten lautlos zum Grund.

In Einigkeit, fünf Lid-erquollene Tränen, noch Sonnen, bald Salz,
Fünf unergründliche Speere im Haupt,
Jede Sonne nur Qual und nur Mühe,
Entstellung vielleicht, Schmerz, dem der Haß verglost,
Fünf in die eine, die eine aus fünfen zu einer, frühe
Sonnen, zu späten verglost,
Allesamt nun, irr, ohne Trost
Gedreht ins Geweb der fünf, eine eilende Sonne,
Kreisend und schäumend, kreiselnd und ohne Trost,
Schießen hinab – tauchen ein. Eine der fünf ist die Sonne.

Der Lärm der Straßenbahnen vorm Haus rumpelte hinaus auf die See, ja noch weiter in die ausgebaggerte Bucht. Niemand hatte jemals so gelauscht wie wir beide. Die Schule gab's plötzlich nicht mehr, sie hatte am Mount-Pleasant-Hügel ein tiefes Loch hinterlassen, aus dem's nach Schülergarderoben, Pissoirs und Spindmäusen stank, und das Haus ›Zur Gemütlichkeit‹ strahlte sein Licht in eine mir unbekannte Stadt hinaus. In dem lautlosen Zimmer, das mir wie von Anbeginn an vertraut war, saßen wir zwischen Bergen buntfarbener Wolle, mit verschwollener Nase und nur einem sehenden Aug', und bestätigten einander anerkennend, wie's der eine dem andern gegeben hatte. Draußen vorm Fenster breitete sich die Zukunft, hinüber über den Singleton Park, wo es wimmelte von streunenden Liebespaaren, und hinein in das rauchige, mit Gedichten gepflasterte London.
Mrs. Jenkyn lugte zur Tür herein und drehte das Licht an. »So ist's gemütlicher«, sagte sie, »Ihr seid ja keine Katzen.«
Mit dem Aufleuchten des Lichts erlosch jegliche Zukunft, und wir spielten ein dröhnendes Stück von Dr. Percy – »Hat man je so was Schönes gehört? Lauter, lauter, America!« sagte Dan. »Laß mich auch ein bißchen an den Baß«, sagte ich – bis von drüben energisch gegen die Wand gepocht wurde.
»Das sind die Careys. Mr. Carey ist so ungefähr hinterm Kap Hoorn zu Hause«, sagte Dan.

Wir spielten ihm ein grobes, ein rechtes Walfänger-Stück, bis dann Mrs. Jenkyn samt ihren Wollknäueln und Stricknadeln nach oben lief.
Sobald sie weg war, sagte Dan: »Weshalb eigentlich schämt sich jeder Mann seiner Mutter?«
»Vielleicht nicht mehr so stark, wenn er älter ist«, sagte ich, zweifelte aber daran. Vorige Woche war ich mit drei Burschen nach Schulschluß die High Street hinuntergegangen und hatte meine Mutter mit einer gewissen Mrs. Partridge vorm ›Kardomah‹ gesehen. Ich wußte, sie würde mich vor den Augen der anderen anhalten und sagen, »Daß du nur rechtzeitig zum Tee da bist!«, und wünschte, die High Street möchte sich auftun und mich verschlingen. Ich liebte meine Mutter – und verleugnete sie. »Gehn wir auf die andere Seite hinüber«, hatte ich gesagt. »Da gibt's echte Seestiefel in Griffith's Schaufenster.« Aber dann war da bloß eine Kleiderpuppe mit Golfausrüstung, samt einem Ballen Tweed.
»Abendessen gibt's nicht vor einer halben Stunde. Was tun wir bis dahin?«
»Schauen wir, wer diesen Sessel am längsten frei in der Luft halten kann«, sagte ich.
»Nein, geben wir eine Zeitschrift heraus: du machst den Literaturteil, ich übernehm' die Musik.«
»Und wie soll sie heißen?«
Er schrieb: » *›Die . . .‹*, herausgegeben von D. Jenkyn und D. Thomas« auf die Innenseite einer Hutschachtel, die er unterm Sofa hervorgezogen hatte. Rhythmisch schöner hätte geklungen ›D. Thomas und D. Jenkyn‹, aber es war sein Haus.
»Wie wär's mit *›Die Meistersinger?‹* «
»Nein, das ist zu sehr auf Musik abgestimmt«, sagte ich.
» *›Das Warmley-Magazin‹*. «
»Nein«, sagte ich, »ich wohne in ›Glanrhyd‹.«
Nachdem die Hutschachtel wieder mit ihrem Deckel versehen war, schrieben wir mit Kreide » *›Der Donnerer‹*, herausgegeben von D. Jenkyn« auf ein Stück Pappe und hefteten es an die Wand.

»Willst du die Schlafkammer unseres Dienstmädchens sehen?« fragte Dan. Wir schlichen hinauf zum Dachgeschoß.

»Wie heißt sie denn?«

»Hilda.«

»Ist sie jung?«

»Nein – zwischen Zwanzig und Dreißig.«

Ihr Bett war nicht gemacht. »Meine Mutter sagt, man kann immer riechen, ob es ein Mädchen ist.« Wir schnoberten an den Bettüchern.

»Ich rieche gar nichts.«

In ihrem messingbeschlagenen Koffer fand sich die gerahmte Photographie eines jungen Mannes in Knickerbockers.

»Das ist ihr Schatz!«

»Malen wir ihm einen Schnurrbart!«

Jemand ging die Treppe hinunter, eine Stimme rief: »Abendessen!«, und wir machten, daß wir hinauskamen, ließen aber in der Eile den Koffer offen. »Einmal verstecken wir uns nachts unter ihrem Bett«, sagte Dan, als wir die Eßzimmertür öffneten.

Mr. Jenkyn, Mrs. Jenkyn, Dans Tante und ein gewisser Reverend Bevan samt Mrs. Bevan saßen bereits zu Tisch.

Mr. Bevan sprach das Tischgebet. Als er sich dazu erhob, wirkte er noch immer, als wäre er sitzengeblieben, so klein war er. »Segne unsre Mahlzeit auch an diesem Abend«, sagte er, als bedeutete ihm Essen überhaupt nichts. Aber kaum hatte er »Amen« gesagt, als er auch schon wie ein Köter über das kalte Fleisch herfiel.

Mrs. Bevan blickte nirgendwohin. Sie starrte auf das Tischtuch und gebrauchte Messer und Gabel nur zögernd. Es sah aus, als fragte sie sich, was man wohl zuerst schneiden solle: das Fleisch oder das Tischtuch.

Dan und ich starrten sie voll innerlichen Vergnügens an. Er trat mich unterm Tisch gegen das Bein, und ich verschüttete das Salz. Dabei brachte ich es auch noch fertig, ihm Essig auf das Brot zu gießen.

Während jedermann außer Mr. Bevan auf Mrs. Bevans langsame Schneidebewegungen längs des Tellerrands achtete, sagte Mrs. Jenkyn: »Hoffentlich mögen Sie kaltes Lammfleisch!«

Mrs. Bevan lächelte zustimmend und begann zu essen. Ihr Gesicht war so grau wie ihr Haar. Möglicherweise war sie am ganzen Körper grau. Ich versuchte, sie im Geist auszuziehen, erschrak aber schon, als ich bei ihrem kurzen Flanellunterrock und den Navy-Unterhosen, die bis an die Knie reichten, angelangt war. Gar nicht daran zu denken, ihr auch noch die hohen Schnürstiefel zu lösen und zu sehen, wie grau ihre Beine waren! Sie blickte von ihrem Teller auf und lächelte mir unverschämt zu.

Mit hochrotem Kopf wandte ich mich ab, um Mr. Jenkyn's Frage nach meinem Alter zu beantworten. Ich machte mich um ein Jahr älter. Warum log ich denn? Ich wunderte mich. Verlor ich meine Mütze und fand sie in meiner Schlafkammer, so antwortete ich auf Mutters Frage, wo ich sie denn gefunden hätte, »Auf dem Dachboden«, oder »Unterm Ständer im Flur«. Es war einfach aufregend, stets auf der Hut sein zu müssen für den Fall, sich selber zu widersprechen oder, wenn man von einem Film erzählte, den man vorgeblich gesehen hatte, nicht Jack Holts Rolle mit der von Richard Dix zu verwechseln.

»Fünfzehndreiviertel Jahre«, sagte Mr. Jenkyn, »das ist eine recht präzise Angabe. Ich sehe schon, wir haben da einen Mathematikus zu Tisch. Wollen mal prüfen, ob er diese kleine Aufgabe lösen kann.«

Er beendete sein Mahl und legte Streichhölzer auf seinem Teller zurecht.

»Das ist doch ein alter Hut, Papa«, sagte Dan.

»Oh – ich würd' es sehr gern sehen«, sagte ich in meinem beflissensten Ton. Ich wollte ja wieder eingeladen werden. Hier war es besser als zu Hause, und eine Frau, die nicht ganz richtig im Kopf war, befand sich auch hier.

Als ich's nicht zustande brachte, die Hölzchen richtig zu placieren, zeigte mir Mr. Jenkyn, wie man's macht, und ich bedankte mich, obwohl ich's noch immer nicht begriffen hatte, und bat ihn um eine weitere Aufgabe. Zu heucheln war fast ebensogut wie zu lügen, es war herzerfrischend und beschämend zugleich.

»Über was hast du mit Mr. Morris draußen auf der Straße gesprochen, Papa?« fragte Dan. »Wir haben euch vom Oberstock aus zugesehn.«

»Ich hab' ihm erzählt, wie der Swansea- und der Bezirksmännerchor den *›Messias‹* aufgeführt haben, weiter nichts. Warum fragst du?«

Mr. Bevan brachte nichts mehr hinunter, er war voll. Zum erstenmal seit Beginn des Essens warf er einen Blick in die Runde. Offenbar bot sich ihm kein erfreulicher Anblick.

»Und wie geht's mit dem Studium, Daniel?«

»Gib auf Mr. Bevan acht, Dan, er hat dich was gefragt!«

»So la-la.«

»La-La?«

»Ich wollte damit sagen, es geht recht gut, Mr. Bevan.«

»Junge Leute sollten versuchen, sich stets akkurat auszudrücken.«

Mrs. Bevan lachte in sich hinein und bat um noch etwas Fleisch. »Noch ein klein wenig vom Fleisch«, sagte sie.

»Und Sie, junger Mann, haben am Ende gar eine Vorliebe für Mathematik?«

»Nein, Sir«, sagte ich. »Englisch ist mir am liebsten.«

»Er ist ein Dichter«, sagte Dan und blickte betreten drein.

»Ein Bruder in der Poesie«, verbesserte Mr. Bevan und zeigte seine Zähne.

»Mr. Bevan hat schon mehrere Bücher veröffentlicht«, sagte Mr. Jenkyn. »*›Proserpina‹, ›Psyche‹* . . .«

»Orpheus«, sagte Mr. Bevan scharf.

»Und *›Orpheus‹*. Du mußt Mr. Bevan ein paar von deinen Versen zeigen.«

»Ich hab' im Moment nichts bei mir, Mr. Jenkyn.«

»Ein Dichter«, sagte Mr. Bevan, »sollte seine Verse stets im Kopf haben.«

»Ich kann sie sehr wohl auswendig«, sagte ich.
»Dann rezitieren Sie mir Ihr letztes Gedicht; so was interessiert mich immer sehr.«
»Was für eine Tischrunde«, sagte Mrs. Jenkyn. »Poeten, Musiker, Prediger – nur ein Maler fehlt uns noch, nicht wahr?«
»Ich glaube nicht, daß mein neuestes Gedicht Ihren Beifall finden wird«, sagte ich.
»Möglicherweise«, sagte Mr. Bevan und lächelte. »Aber das kann ich selber wohl am besten beurteilen.«
»›Mein Haß ist nekrophil‹«, begann ich, und wollte am liebsten sterben, während ich auf Mr. Bevans Zähne starrte.

Voll Reue mich zerfleischend,
Unstillbar Kraft erheischend
zu spätem Lustgefühl:

Jetzt könnt' ich heben
Ihr abgestorbnes Fleisch ganz an das meine,
Im Ohr das frohe Knistern der Gebeine,
Den toten Glanz der Augen nacherleben.

Jetzt könnt', oh Weib,
Zur Wollust nach dem Tod ich mich ermannen,
Auskostend Haß und Taumel – Fäulnis bannen:
Zerbrich, zerbrich, im Tod erloschner Leib!

In der Stille, die Mr. Bevans Worten voranging, trat Dan mich gegen das Schienbein. »Der Einfluß liegt natürlich auf der Hand. ›Zerbrich, zerbrich, zerbrich an deinem kalten, grauen Fels, oh Meer‹.«
»Hubert kennt Tennyson auch noch verkehrtherum auswendig«, sagte Mrs. Bevan. »Von hinten nach vorn.«
»Können wir jetzt hinaufgehen?« fragte Dan.
»Aber werdet Mr. Carey nicht lästig!«
Und wir schlossen die Tür behutsam hinter uns und rannten die Treppe hinauf, die Hände auf den Mund gepreßt.

»Verdammich, verdammich, verdammich«, sagte Dan. »Hast du die Miene von Ehrwürden gesehn?«
Wir äfften ihn nach, tollten dabei im Zimmer herum und balgten uns kurz auf dem Teppich. Dans Nase begann aufs neue zu bluten. »Das macht nichts, das hört gleich wieder auf. Ich kann aus der Nase bluten, sobald ich will.«
»Sag mir was über Mrs. Bevan. Die spinnt doch?«
»Und wie die spinnt – sie weiß nicht einmal, wer sie ist. Einmal wollte sie sich aus dem Fenster stürzen, aber Mr. Bevan nahm gar keine Notiz davon, so kam sie zu uns herauf und schüttete meiner Mutter ihr Herz aus.«
Mrs. Bevan klopfte und trat ein. »Hoffentlich störe ich nicht.«
»Aber nein, keineswegs, Mrs. Bevan.«
»Ich wollte ein bißchen andere Luft atmen«, sagte sie und setzte sich mitten in die Wolle auf dem Sofa beim Fenster.
»Eine erstickend schwüle Nacht, nicht wahr?« sagte Dan. »Möchten Sie das Fenster offen haben?«
Sie blickte nach dem Fenster.
»Ich kann es leicht für Sie aufmachen«, sagte Dan und blinzelte mir zu.
»Ich werd' es für Sie öffnen, Mrs. Bevan«, sagte ich.
»Es ist gut, wenn das Fenster offen ist.«
»Mit viel frischer Luft vom Meer herein!«
»Laß nur, mein Lieber«, sagte sie. »Ich will nur ein wenig hier sitzen und auf meinen Gatten warten.«
Sie spielte mit den Wollknäueln, nahm eine Stricknadel und betupfte damit sanft die Innenfläche ihrer Hand.
»Geht Mr. Bevan auf längere Zeit weg?«
»Ich will nur ein wenig sitzen bleiben und auf meinen Gemahl warten«, sagte sie.
Wir redeten noch ein bißchen weiter mit ihr, über Fenster, aber sie lächelte bloß vor sich hin und zerzupfte die Wolle, ja fuhr sich einmal mit dem stumpfen Nadelende ins Ohr. Alsbald waren wir's müde, sie zu beachten, und Dan setzte sich ans Klavier. »Meine Sonate Nummer zwanzig«, sagte er. »Sie

heißt *›Huldigung an Beethoven‹.«* Und um halb Zehn war es Zeit für mich zu gehen.
Ich wünschte Mrs. Bevan eine Gute Nacht, sie winkte mit der Nadel und verneigte sich im Sitzen, unten gab mir Mr. Bevan seine kalte Hand zum Schütteln, Mr. und Mrs. Jenkyn luden mich ein, wiederzukommen, und die schweigsame Tante gab mir einen Riegel Mars.
»Ich geh' ein Stück mit dir«, sagte Dan.
Draußen auf dem Gehsteig in der lauen Nacht blickten wir zum erhellten Wohnzimmerfenster hinauf. Es war das einzige Licht in der Straße.
»Schau! Dort ist sie!«
Mrs. Bevans Gesicht war gegen die Scheibe gepreßt, ihre Hakennase ganz plattgedrückt, die Lippen krampfhaft gekniffen, und wir rannten die ganze Eversley Road hinunter, um nicht, falls sie wirklich sprang, es mitansehn zu müssen.
An der Ecke sagte Dan: »Jetzt mußt du allein weiter, ich muß heute Nacht noch ein Streichertrio vollenden.«
»Und ich arbeite an einem langen Gedicht«, sagte ich. »Über die Prinzen von Wales und die Magier und alles andere.«
Beide gingen wir nach Haus und zu Bett.

Klein-Hüstler der Besondere

Eines Nachmittags in einem ganz besonders strahlend schönen August, einige Jahre vor meinem einsetzenden Erfolg, saßen George Hooping, den wir Klein-Hüstler nannten, Sidney Evans, Dan Davies und ich auf dem Verdeck eines Lastwagens und fuhren ans Ende der Halbinsel hinaus. Es war ein schwerer, dreiachsiger Laster, von dem aus wir auf die Dächer der vorbeikommenden Wagen spucken und unsere Apfelbutzen nach den Frauen auf dem Gehsteig werfen konnten. Einer davon traf einen Radler mitten auf den Rücken, er kurvte in die Fahrbahn; wir saßen plötzlich ganz still, und George Hooping wurde blaß. Und wenn ihn der Laster nun überfährt, dachte ich ruhig, während der Radfahrer gegen die Hecke kurvte, so ist er hin und ich habe die Hosen voll und Sidney vielleicht auch und wir fliegen allesamt in den Knast und werden gehenkt – bis auf George Hooping, der keinen Apfel gehabt hat.

Aber der Lastwagen wich aus und überholte. Hinter uns fuhr das Rad in die Hecke, der Mann stand auf und schüttelte die Faust, und ich winkte ihm mit meiner Mütze zurück.

»Du hättest nicht mit der Mütze winken sollen«, sagte Sidney Evans. »Jetzt weiß er womöglich, von welcher Schule wir sind.« Er war aufgeweckt, dunkel und auf alles bedacht, hatte eine Geldbörse und eine Brieftasche.

»Jetzt ist keine Schulzeit.«

»Mich kann kein Mensch hinausschmeißen«, sagte Dan Davies. Er blieb nur noch bis zum nächsten Termin, um danach gegen Entgelt in der Obsthandlung seines Vaters mitzuarbeiten.

Wir alle trugen Rucksäcke, bis auf George Hooping, dessen Mutter ihm ein Paket mitgegeben hatte, eingewickelt in braunes Packpapier, das ständig am Aufgehen war, und jeder von uns schleppte einen Koffer mit sich. Ich hatte einen Mantel über meinen Koffer gelegt, weil seine Initialen N. T. lauteten, und jeder sogleich wissen würde, er gehöre meiner Schwester. Auf dem Lastwagen waren zwei Zelte verstaut, ein Karton mit Eßwaren, eine Packkiste voll Kochtöpfen, Kasserollen, Messern und Gabeln, ferner eine Petroleumlampe, ein Primuskocher, Zeltplanen und Decken, ein Grammophon mit drei Platten sowie ein Tischtuch von George Hoopings Mutter.

Wir waren auf Zelttour für vierzehn Tage in Rhossilli, auf einem Feld oberhalb des Strandes, der sich fünf Meilen hinzog. Sidney und Dan waren im vergangenen Jahr dortgewesen und waren gebräunt und fluchend heimgekommen, voll von Geschichten über Camp-Tänze rund um die mitternächtlichen Lagerfeuer, und über ältere Mädchen der Lehrerbildungsanstalt, die dort auf den Felsplatten nackt in der Sonne gelegen hatten, umgeben von lachenden Burschen, und man hatte noch in den Betten gesungen bis in den dämmernden Morgen hinein. Einzig George war noch nie länger als eine Nacht von daheim fortgewesen, und auch das nur, so hatte er mir an einem verregneten, freien Nachmittag erzählt, an dem wir nichts weiter tun konnten als in der Waschküche seine Meerschweinchen bis zum Gehtnichtmehr über die Bänke zu jagen – und auch das nur in St. Thomas, drei Meilen vom Elternhaus bei einer Tante, die durch die Wände sehen konnte und jederzeit wußte, was da eine gewisse Mrs. Hoskin in ihrer Küche gerade machte.

»Wie lange haben wir noch?« fragte George Hooping, der sein aufplatzendes Paket umklammerte und sich unauffällig bemühte, die Socken und Hosenträger wieder hineinzustopfen, während er neidvoll auf die festen, grün vorüberschäumenden Felder blickte, als wär' das Wagenverdeck ein motorgetriebenes Floß inmitten des Ozeans. Auf alles und jedes wurde ihm übel, sogar auf Lakritzen und Brauselimonade, aber ich allein wußte, daß er auch im Sommer lange Unterwäsche mit rot eingesticktem Namen trug.

»Meilen und Meilen«, sagte Dan.

»Tausende von Meilen«, sagte ich. »Es geht nach Rhossilli in den U. S. A., und wir werden auf einem winzigen Felsen kampieren, der bei jedem Windstoß wackelt.«
»Wir werden den Felsen an einem Baum festbinden müssen.«
»Hüstler kann da seine Hosenträger gut gebrauchen«, sagte Sidney.
Der Lastwagen röhrte um eine Kurve – »Hoppla – hast du's gespürt, Hüstler? Das war nur mehr auf einem Rad«, – und unter uns, hinter den Feldern und Bauernhäusern, schimmerte das Meer mit einem rauchenden Dampfer auf der Kimm.
»Siehst du das Meer dort unten, wie es schimmert, Dan?« fragte ich.
George Hooping tat, als dächte er nicht mehr an das Schlingern des schlüpfrigen Wagenverdecks und, von dieser Höhe aus gesehen, an die erschreckende Kleinheit des Meeres. Er klammerte sich an die Brüstung und sagte: »Mein Vater hat mal einen Schwertwal gesehen.« Aber die Selbstsicherheit seines Tonfalls erstarb schon mit den ersten Worten. Er kämpfte mit seiner brüchig-gicksenden Stimme gegen den Fahrtwind an und wollte uns was vormachen. Ich wußte, ihm ging es darum, dermaßen das Maul voll zu nehmen, daß uns die Haare zu Berge stehen und wir den rasenden Lastwagen anhalten würden.
»Dein Vater ist doch Kräutersammler!« Aber der Rauch überm Horizont war plötzlich die weiße, wirbelnde Fontäne, welche der Wal durch die Atemlöcher blies, und seine schwarze Schnauze war der Bug des sich voranschiebenden Schiffs.
»Wo hat er ihn denn gehalten, Hüstler? In der Waschküche?«
»Er hat ihn in Madagaskar gesehen, Stoßzähne, so lang wie von hier bis . . . von hier bis . . .«
»Von hier bis Madagaskar.«
Das Bedrohliche eines steilen Straßenstücks brachte ihn urplötzlich ganz durcheinander. Ihn kümmerten nicht länger die Abenteuer seines Vater, eines kleinen, schmutzigen Man-

nes mit Scheitelkäppchen und Alpakamantel, der den lieben langen Tag herumstand und vor sich hinbrummte in einem Laden voll von Kräutern und verhängten Mauerlöchern, wo im Halbdunkel alte Männer mit Kreuzschmerzen und junge Mädchen mit Schwangerschaftsängsten auf Rat und Hilfe warteten – nein, er starrte jetzt nur auf den steil hinanwuchtenden Berg und klammerte sich an Dan und mich.
»Jetzt machen wir glatte Neunzig!«
»Die Bremsen sind im Arsch, Hüstler!«
Er wand sich von uns los, packte die Querstange überm Führerhaus krampfhaft mit beiden Händen, zerrte und rüttelte daran, stemmte den Fuß hart gegen eine Kiste hinter sich und steuerte den Lastwagen um eine mit Steingemäuer versehene Kurve in die Sicherheit eines sanfter ansteigenden Hügels und bis vor das Tor eines schäbigen Bauerngehöfts.
Vom Tor führte ein Pfad zum oberen Strand hinunter. Es war hohe Flut, und wir hörten das Meer kochen. Vier Jungen auf einem Wagenverdeck – der eine groß, dunkel, mit ebenmäßigen Zügen, sprachgewandt, in gutem Anzug, eben ein Junge von Welt; der andere vierschrötig-gedrungen, linkisch, rothaarig, die roten Handgelenke krampfhaft aus den zu kurzen, abgescheuerten Ärmeln gestreckt; der dritte mit dicker Brille, einem Anflug von Wanst, Stubenhockerschultern und Füßen in niemals zugeschnürten Stiefeln, als wollte jeder seiner eigenen Wege gehen; und der vierte klein, mager, von unbestimmtem Tatendrang erfüllt, schnell mit ordinären Sprüchen zur Hand, kraushaarig – diese vier Jungen sahen nun ihr Feld vor sich liegen, ihr neues Zuhause für vierzehn Tage: die Wände dichte, stachelige Hecken, der Vorgarten die See, ein grüner Ausguß die Toilette, und genau inmitten von alledem ein windzerfledderter Baum.
Ich half Dan beim Abladen, während Sidney den Fahrer entlohnte und George sich mit dem Hoftor herumschlug und die Enten dahinter beäugte. Der Lastwagen fuhr davon.
»Wir werden die Zelte wohl am besten an den Baum in der Mitte bauen«, sagte George.

»Aufschlagen heißt das!« sagte Sidney, ihm das Tor öffnend Wir schlugen unsere Zelte in einer windgeschützten Ecke auf.
»Einer muß den Primuskocher anzünden«, sagte Sidney, und nachdem George sich die Hand dabei verbrannt hatte, saßen wir im Kreis vor dem Schlafzelt, redeten über Automobile, jeder zufrieden, auf dem Lande zu sein, jeder träge entspannt in des andern Gesellschaft, hingen im Reden den eignen Gedanken nach und hatten immerfort das brausende Meer im Ohr, das gar nicht so fern unter uns an die Felsen schäumte und zurückrollte, hinaus in die Welt, und morgen würden wir darin baden und auf dem Sandstrand die Bälle schleudern und mit Steinen zielwerfen nach einer Flasche auf einem Felsen, und möglicherweise mit drei Mädchen zusammentreffen. Die Älteste für Sidney, die Häßlichste für Dan, die Jüngste für mich. Na, und George – dem zersprangen ohnehin die Brillen, sobald er mit Mädchen sprechen sollte, und er mußte sich stockblind davonmachen, und anderntags würde er sagen: »Tut mir leid, daß ich wegmußte, aber ich hatte da noch was Dringendes zu bestellen!«
Es war Fünf vorbei. Vater und Mutter waren jetzt wohl mit ihrem Tee zu Ende; die Teller mit den Bildern berühmter Schlösser wurden abgeräumt; Vater mit seiner Zeitung, Mutter mit ihren Socken waren weit hinter der blaudiesigen Luft zur Linken, auf einem Hügel in einer Villa, hörten aus dem Park das entfernte Kindergeschrei, das der Wind über den öffentlichen Tennisplatz herübertrug, und sie fragten sich, wo ich in diesem Augenblick sein und was ich wohl tun mochte. Ich aber war allein mit meinen Freunden auf einem Feld, kaute an einem Grashalm, sagte, »Dempsey würd' ihn auf Anhieb erledigen«, und dachte an den großen Wal, den Georges Vater nie gesehen hatte, ob der sich nun an der Meeresoberfläche getummelt haben oder plötzlich wie ein Berg im Wasser untergetaucht sein mochte.
»Wetten, ich bin schneller am drüberen Feldrand!«
Dan und ich sausten los, über den von Kühen zertrampelten Boden, George mit plumpen Sprüngen hinter uns her.

»Und jetzt hinunter zum Strand!«
Sidney machte den Anführer: stramm wie ein Soldat lief er voraus in seinen Khakishorts, es ging über einen Zauntritt, dann ein Feld um das andre hinab in ein bewaldetes Tal, aufwärts durch Heidekraut und weiter zu einer Blöße am Rande der Felsklippe, wo zwei breitschultrige, kräftige Burschen sich vor einem Zelt balgten. Ich sah, wie der eine den anderen ins Bein biß, beide trafen einander mit geübten, erbarmungslosen Faustschlägen ins Gesicht, nur mit Mühe kam der eine frei, und mit einem weiten Satz erwischte ihn der andre und preßte ihm das Gesicht in den Boden. Die beiden waren Brazell und Skully.
»Hallo, Brazell und Skully!« sagte Dan.
Skully hatte Brazell im Polizeigriff. Er drehte ihm den Arm noch zweimal kurz herum und erhob sich grinsend.
»Hallo, Burschen! Hallo, Klein-Hüstler! Wie geht's deinem Vater?«
»Ganz gut, dankeschön.«
Brazell, noch im Gras, befühlte sich nach gebrochenen Knochen.
»Hallo, Burschen, wie geht's euren Vätern?«
Die beiden waren die ärgsten und größten Kerle in der Schule. Täglich um die gleiche Zeit packten sie mich noch vor dem Läuten, zwängten mich in den Papierkorb und stellten ihn dann auf den Lehrertisch. Manchmal gelang es mir, mich freizustrampeln, manchmal nicht. Brazell war hager, Skully war fett.
»Wir kampieren auf Buttons Feld«, sagte Sidney.
»Und wir nehmen unseren Kuraufenthalt hier«, sagte Brazell. »Und wie geht's unserem kleinen Hüstler? Hat Vater ihm 'ne Pille gegeben?«
Wir wollten zum Strand hinunterlaufen, Dan und Sidney und George und ich, um zu vieren ungestört zu sein, um am Meer entlangzuwandern, um zu schreien, um mit Steinen nach den Wogen zu werfen und uns an unsre bestandenen Abenteuer zu erinnern und ihnen weitere Erinnerungen anzufügen.

»Wir gehen mit euch zum Strand hinunter«, sagte Skully.
Er hängte sich bei Brazell ein, und die beiden strolchten Arm in Arm hinter uns her, imitierten dabei Georges linkische Gangart und köpften das Gras mit Ruten.
Dan fragte hoffnungsvoll: »Wollt ihr hier längere Zeit kampieren, Brazell und Skully?«
»Volle herrliche zwei Wochen, Davies und Thomas und Evans und Hooping.«
Sobald wir den Mewslade-Strand erreicht hatten und uns dort längelang hinfallen ließen, sobald ich Sand zu schöpfen begann, um ihn Korn für Korn durch die Finger rieseln zu lassen, sobald George durch seine doppelten Linsen aufs Meer hinauslugte und Sidney und Dan Sand auf seine Beine häuften, setzten Brazell und Skully sich hinter uns gleich zwei Gefängnisaufsehern.
»Eigentlich wollten wir ja für vierzehn Tage nach Nice gehen«, sagte Brazell – er sagte ›Naiß‹ und reimte auf ›Eis‹ – wobei er Skully in die Rippen stieß, »aber hier ist die Luft für den Teint noch besser.«
»Beinah so gut wie Heilkräuter«, ergänzte Skully.
Sie hatten Mordsspaß aneinander, knufften und bissen und rauften sich wieder herum, warfen einander den Sand in die Augen, bis beide sich unter Gelächter zurückfallen ließen und Brazell sich mit einem Stück Picknickpapier das Blut von der Nase wischte. George lag bis an die Hüften bedeckt im Sand. Ich sah dem Meer zu, wie es sich langsam zurückzog, mit den kreischenden Vögeln darüber und der sinkenden Sonne.
»Schaut euch Klein-Hüstler an«, sagte Brazell. »Ist er nicht ein ganz Besonderer? Wächst da mitten aus dem Sand heraus! Klein-Hüstler hat ja gar keine Beine!«
»Armer kleiner Hüstler«, sagte Skully, »er ist der ausgefallenste, allerbesonderste Junge von der Welt.«
»Besonderer Hüstler«, sagten sie beide gleichzeitig. »Besonderer, besonderer, besonderer Klein Hüstler!« Sie machten ein Lied daraus und schlugen beide mit ihren Ruten den Takt dazu.

»Er kann nicht schwimmen.«
»Kann nicht rennen.«
»Kann nicht lernen.«
»Kann nicht Kricket.«
»Kann nicht parieren.«
»Und ich wett', er kann nicht mal brunzen!«
George stieß mit den Füßen den Sand beiseite. »Und ob ich kann!«
»Kannst du schwimmen?«
»Kannst du rennen?«
»Kannst du Kricket?«
»Laßt ihn in Ruhe!«, sagte Dan.
Sie rückten näher, die See zog sich nun rapide zurück. Brazell sagte mit ernster Stimme, wobei er mit dem Finger drohte: »Na, heraus mit der Sprache, Hüstler, bist du nicht ein Besonderer? Ein ganz und gar Besonderer? Sag ›Ja‹ oder ›Nein‹!«
»Ohne Herumreden: ›Ja‹ oder ›Nein‹«, sagte Skully.
»Nein«, sagte George. »Ich kann schwimmen und ich kann rennen und Kricket spielen kann ich auch. Und fürchten tu' ich mich vor niemandem.«
Ich sagte: »Er war Klassenzweiter letztes Mal.«
»Na, ist das nicht was besonderes? Kann er Zweiter sein, so kann er auch Erster werden. Aber nein, das wär' zu gewöhnlich. Klein-Hüstler muß einfach Zweiter sein!«
»Damit hätten wir die Antwort«, sagte Skully, »Klein-Hüstler ist ein Besonderer.« Und wieder begannen sie zu singen.
»Er ist ein phantastischer Läufer«, sagte Dan.
»Gut, so soll er es beweisen. Skully und ich sind heute morgen die volle Länge des Rhossilli-Strandes gelaufen, oder vielleicht nicht, Skull?«
»Bis zum letzten Zoll.«
»Kann das Klein-Hüstler auch?«
»Aber ja«, sagte George.
»Na, dann mach schon!«
»Ich mag aber nicht.«

»Besondrer kleiner Hüstler kann nicht lau-hau-fen, kann nicht lau-hau-fen, kann nicht lau-hau-fen!« sangen sie.
Drei Mädchen, jede blond, kamen längs des Felsens Arm in Arm herunter. Sie trugen weiße Shorts. Ihre Arme, Beine und Hälse waren kaffeebraun; als die Mädchen lachten, sah ich, daß ihre Zähne blendend weiß waren; sie schritten auf den Strand zu, Brazell und Skully hörten zu singen auf. Sidney strich sich das Haar zurück, erhob sich wie zufällig, steckte die Hände in die Taschen und ging den Mädchen entgegen, die nun nahe beisammenstanden, golden und braun, der sinkenden Sonne nur wenig Bewunderung zollten, sich den Sand von der Haut rieben und einander zulächelten. Sidney stellte sich vor sie hin, grinste und salutierte: »Hallo, Gwyneth! Kennst du mich noch?«
»Ach du lieber Gott!« flüsterte Dan neben mir und ahmte Sidneys Salut nach, indem er sich zu George herumwandte, der noch immer auf die ebbewärts ziehende See starrte.
»Na, wenn das keine Überraschung ist!« sagte die Größte der Drei. Mit ein klein wenig gezierten Handbewegungen, ganz als ob sie Blumen verteilte, machte sie uns mit Peggy und Jean bekannt.
Die fette Peggy, dachte ich, zu komisch für mich mit ihren Hockeybeinen und dem Lausbubenhaarschnitt, war genau richtig für Dan; Sidneys Gwyneth war ein bemerkenswertes Stück und gut und gern Sechzehn, so rein und unnahbar wie ein Mädchen in Ben Evans' Warenhäusern; aber Jean, schüchtern und kraushaarig, mit buttergelbem Haar – die war für mich. Dan und ich schritten langsam auf die Mädchen zu.
Ich überlegte mir zwei Aussprüche: »Blond hin, blond her, Sidney, aber keine Bigamie hier draußen«, und »Tut uns leid, aber wir haben's nicht hingekriegt, bei eurer Ankunft Hochflut zu haben«.
Jean lächelte, scharrte mit der Ferse im Sand, und ich zog die Kappe.
»Hallo!«
Die Kappe fiel ihr vor die Füße.

Als ich mich danach bückte, fielen mir drei Stück Zucker aus meiner Blazertasche. »Das ist noch vom Pferdefüttern«, sagte ich und errötete schuldbewußt, als sämtliche Mädchen zu lachen anfingen.
Ich hätte den Boden schwungvoll mit meiner Kappe fegen, mir dabei frohgemut die Fingerspitzen küssen, die drei mit ›Senoritas‹ anreden und sie damit zum Lächeln zwingen können. Oder ich hätte mich fernhalten können, das hätte noch besser gewirkt, die Haare vom Wind zerzaust, wiewohl diesen Abend kein Lüftchen sich regte, gehüllt in nichts als Geheimnis, in die Sonne starrend, unnahbar und nicht geneigt, mit Mädchen zu sprechen; aber ich wußte, daß meine Ohren dann ständig feuerrot gewesen wären und mein Magen und Bauch so hohl und voll von Stimmen wie eine leere Muschel. »Sag was zu ihnen, rasch, sonst sind sie fort«, hätte eine Stimme in mir insistiert in der dramatischen Stille, in der ich, ein anderer Valentino, am Rande der glanzvollen, unsichtbaren Stierkampfarena des Strandes verharrte. »Ist's hier nicht hübsch?« sagte ich.
Ich sprach nur zu Jean, und das ist die Liebe, dachte ich, als sie mir zunickte, ihre Lockenpracht schüttelte und sagte: »Hübscher als in Porthcawl.«
Brazell und Skully waren zwei großschnäuzige Raufbolde aus einem Alptraum; ich dachte nicht länger an sie, als Jean und ich den Klippenhang hinaufstiegen. Und als ich zurückblickte, ob sie George aufs neue hänselten oder sich wieder herumbalgten, sah ich, daß George hinter einer Felsenecke verschwunden war, und daß die andern sich am Fuße des Felsens mit Sidney und den zwei Mädchen unterhielten.
»Wie heißt du denn?«
Ich sagte es ihr.
»Das ist ein walisischer Name«, sagte sie.
»Aber du hast einen wunderschönen Namen.«
»Ach, der ist doch recht gebräuchlich.«
»Werd' ich dich wiedertreffen?«
»Wenn du magst.«

»Und ob ich mag! Wir können am Morgen zusammen baden gehen. Und wir können schaun, ob wir das Ei von einem Adler finden. Hast du gewußt, daß es hier Adler gibt?«

»Nein«, sagte sie. »Wer war denn der hübsche Bursche am Strand, der große mit den schmutzigen Hosen?«

»Der ist nicht hübsch, das ist Brazell. Er wäscht und kämmt sich nie, tut nichts dergleichen. Ein Raufbold ist er und ein Betrüger dazu.«

»Für mich ist er hübsch.«

Wir betraten Buttons Feld, und ich zeigte ihr die Zelte von innen und gab ihr einen von Georges Äpfeln. »Ich hätt' gern eine Zigarette«, sagte sie.

Es war schon fast finster, als die anderen kamen. Brazell und Skully hatten Gwyneth in die Mitte genommen und sie von beiden Seiten untergehakt, Sidney ging mit Peggy, und Dan, die Hände in den Taschen, schlenderte pfeifend hinterher.

»Das ist mir ein Paar«, sagte Brazell. »Die ganze Zeit hier allein, und nicht mal Händchenhalten! Brauchst wohl 'ne Pille?« sagte er zu mir.

»Baut britische Babies«, sagte Skully.

»Geh schon weiter!« sagte Gwyneth. Sie stieß ihn von sich, lachte aber dabei und sagte kein Wort, als er sie um die Hüften faßte.

»Wie wär's mit einem kleinen Lagerfeuer?« sagte Brazell.

Jean schlug die Hände zusammen wie eine Schauspielerin. Obwohl mir klar war, daß ich sie liebte, war mir alles zuwider, was sie sagte oder tat.

»Wer wird's denn machen?«

»Er da kann's am besten, ganz gewiß«, sagte sie und zeigte auf mich.

Dan und ich sammelten Holz, und als es schon ganz finster war, hatten wir ein prasselndes Feuer. Drinnen im Schlafzelt saßen Brazell und Jean eng aneinandergeschmiegt. Ihr goldblonder Kopf ruhte an seiner Schulter. Skully, unmittelbar daneben, tuschelte mit Gwyneth. Sidney, nicht sonderlich begeistert, hielt Peggys Hand.

»Hast du im Leben schon so was von Kitsch gesehn?« sagte ich und beobachtete die lächelnde Jean im feuerfarbenen Dunkel.

»Küß' mich, Charlie, nur einmal!« sagte Dan.

Wir saßen beim Feuer am Rande des Feldes. Die See, schon weit draußen, war noch immer vernehmbar. Wir hörten ein paar Nachtvögel. »Tu-witt! Tu-wuu!« »Horch doch, ich kann Eulen nicht leiden«, sagte Dan. »Sie kratzen dir die Augen aus!« Er war bemüht, nicht auf die leisen Stimmen aus dem Zelt zu achten. Gwyneths Auflachen flutete über das mit einem Mal mondhelle Feld, aber Jean, mit der Bestie da drin, saß lächelnd und stumm in der traulichen Wärme. Ich wußte ihre kleine Hand in der von Brazell.

»Weiber«, sagte ich.

Dan spuckte ins Feuer.

Wir waren alt und einsam, saßen inmitten der Nacht, schon jenseits allen Begehrens, als George auftauchte, gespenstergleich im Feuerschein, und zitternd dastand bis ich sagte: »Wo bist denn du gewesen? Seit Stunden bist du weg! Warum zitterst du denn so?«

Brazell und Skully schoben die Köpfe aus dem Zelt.

»Hallo, Hüstler, mein Junge! Wie geht's deinem Vater? Was hast du heute Abend vorgehabt?«

George Hooping konnte sich kaum auf den Beinen halten. Ich faßte ihn an der Schulter, um ihn zu stützen, aber er stieß mich weg.

»Ich bin den Rhossilli-Strand entlanggelaufen – vom einen Ende bis zum andern! Ihr habt gesagt, ich könnte das nicht, und jetzt hab ich's geschafft! Bin gerannt und gerannt.«

Jemand im Zelt legte eine Platte aufs Grammophon. Es war ein Querschnitt durch *No, No, Nanette.*

»Die ganze Zeit bist du im Finstern gerannt, Klein-Hüstler?«

»Und wetten, daß ich noch schneller war als ihr!

»Das glaub' ich dir aufs Wort«, sagte Brazell.

»Du meinst doch nicht im Ernst, wir beide wären volle fünf Meilen gerannt?« sagte Skully.

Jetzt erklang die Weise *›Tea for Two‹*.
»Hat man schon je so was besondres gehört? Ich hab's euch ja gleich gesagt, Hüstler ist was Besondres. Klein-Hüstler ist die ganze Nacht gerannt!«
»Besonderer, besonderer, besonderer Klein-Hüstler«, sagten sie.
Wie sie aus dem Schutz des Zeltes in die Dunkelheit lachten, wirkten sie wie ein Junge mit zwei Köpfen. Und als ich mich umwandte, um wieder auf George zu starren, lag der schon auf dem Rücken, in tiefem Schlaf im hohen Gras, und das Haar um ein Haar in den Flammen.

Genau wie die Hunde auch

Ich stand unter einer windgeschützten Eisenbahnbrücke, schaute auf den meilenlangen Strand, der sich schmutzig in der Abenddämmerung hinzog, mit nur ein paar Jungen am Wasser und ein oder zwei eiligen Paaren, die Regenmäntel vom Wind zu Ballons gebläht, als sich plötzlich zwei junge Männer, wie aus dem Nichts gekommen, zu mir gesellten, Zündhölzer für ihre Zigaretten anrissen und ihre Gesichter aufleuchten machten unter den grell karierten Kappen.

Der eine hatte ein lustiges Gesicht; seine Augenbrauen zogen sich komisch gegen die Schläfen, seine Augen waren warm, braun, tief und ohne Falsch und sein Mund war voll und weich. Der andere hatte eine Boxernase und ein schweres, von Bartstoppeln ingwerfarbenes Kinn.

Wir sahen zu, wie die Jungen von der ölverschmutzten See zurückkamen; ihr Geschrei hallte unter dem Mauerbogen wider, dann verloren sich ihre Stimmen. Bald danach war auch keines der Paare mehr zu sehen; die Verliebten waren zwischen den Dünen verschwunden und legten sich jetzt wohl hin, inmitten der zerbeulten Dosen und zerbrochenen Flaschen des gestorbenen Sommers. Fetzen alten Papiers trieben an ihnen vorüber, und kein vernünftiger Mensch hielt sich dort draußen noch auf. Die beiden Unbekannten, nebeneinander an die Mauer gelehnt, in ihre Mäntel gekuschelt, die Hände tief in den Taschen, mit immer wieder aufglühenden Zigaretten, starrten, so wollte mir scheinen, auf das Dichterwerden der Dunkelheit über dem leeren Strand, doch mochten sie die Augen auch geschlossen halten. Ein Zug donnerte über uns hinweg, und der Brückenbogen erzitterte. Über der Küste, hinter dem fernhin verschwindenden Zug, schossen die Rauchwolken zusammen zu zerfetzten Flügelformen und hohlen Vogelleibern von tunnelhafter Schwärze – und lösten sich träge auf.

Glühende Aschenflocken wurden zersiebt in der Luft und die Funken zerstoben, ausgelöscht von der nassen Finsternis, noch ehe sie den Sand erreicht hatten. Die Nacht vorher hatten kleine, flinke scheuchenhafte Schemen vornübergebeugt die Bahnstrecke nach Abfällen abgesucht, und ein einsamer Straßenkehrer war voll Würde drei Meilen den Randstreifen entlanggeschritten, mit einem schrumpeligen Kohlensack und einem Parkwächterstock, der unten mit einem Nagel versehen war. Jetzt lag das alles in Säcke verstaut und schlief auf irgendwelchem Abstellgleis, die Köpfe auf Kisten, die Bärte in Stroh, in Kohlenwagen ans Feuer denkend, oder sie lagen abseits des Unrats auf Jack Stiffs Fliesen nächst der Kneipe in der Fishguard Alley, wo die Methylschnaps-Säufer den Polizisten in die Arme torkelten, und wo Weiber, die wie Bündel nasser Fetzen aussahen, in Einfahrten und Löchern der triefnassen Mauer auf Vampire oder Heizer lauerten. Die Nacht hatte uns jetzt schon zur Gänze eingehüllt. Der Wind schlug um. Dünner Regen setzte ein. Der Strand löschte sich selber aus. Wir standen unter dem sich höhlenden, zugigen Eisenbahnbogen, horchten auf die Geräusche aus der in Finsternis erstickten Stadt, auf das Rangieren eines Güterzugs, das Tuten einer Sirene in den Docks, das heisere Kreischen der Trambahn in den Straßen dahinter, auf Hundegebell, vernahmen Geräusche, deren Herkunft im Dunkel blieb, metallisches Hämmern, das ferne Knarren von Holz, das Zuschlagen von Türen, wo's gar keine Häuser gab, das hustende Gekeuch einer Lokomotive, als quälte ein Schaf sich die Höhe hinan. Die beiden jungen Männer waren zigarettenrauchende Statuen, waren verkappte, kragenlose Wächter und Augenzeugen, herausgemeißelt aus dem Stein der zugigen Höhlung, wo sie an meiner Seite verharrten, ziellos, tatenlos, mit nichts als dem Regen, dem Spätherbst und der Nacht vor Augen. Ich hielt die Hand schützend über ein Streichholz und riß es an, auf daß die beiden mein Gesicht in dramatischer Verschattung sähen, mit geheimnisvoll eingesunkenen Augen in einem vielleicht erschreckend bleichen Gesicht, meinen jugendlichen Blick, voll Wildheit im plötzlichen Aufflackern des Lichts – so daß sie sich fragen mochten, wer ich denn sei, der da an seiner aufgerauchten Kippe sog und sich Gedanken machte über die beiden. Warum stand der sanftgesichtige junge Mann mit den Brauen eines harmlosen Teufels hier herum wie eine Steinfigur mit einem Glühwurm? Ein nettes Mädchen hätt' er haben sollen, das ihm auf sanfte Weise seinen Willen aufnötigte, ihn im Kino zum Weinen brächte. Oder Kinder, um mit ihnen in einer Küche, irgendwo in der Rodney Street, herumzuhüpfen. Es war sinnlos, stundenlang ohne ein Wort unter einem Eisenbahnbogen zu stehen, in einer scheußlichen Nacht am Ende eines danebengegangenen Sommers – sinnlos, wo doch eben jetzt in den Bumslokalen oder deren Eingängen und in Rabbiottis Nachtcafé Mädchen darauf warteten, hitzig oder freundlich zu sein, wo doch die Bar ›Zum Bayblick‹ an der Ecke noch Licht hatte und es dort ein Kegelspiel gab und ein dunkelhäutiges, sinnliches Mädchen mit verschiedenfarbenen Augen, und wo doch die Billardsalons noch offen hatten, mit Ausnahme des einen in der High Street, wo man ohne Kragen und Krawatte nicht hineindurfte, oder wo die geschlossenen Parks jetzt leere, überdachte Musiktribünen hatten und man die Geländer leicht überklettern konnte.

Der zweite junge Mann, keine zwei Fuß von mir, hätte sich besser lärmenden Burschen angeschlossen, sich in Gassen und Hinterhöfen aufgespielt, sich auf Ladentische gelümmelt, sich in der Mannesmann Hall mit den Tänzern geprügelt oder heimlich in einer Ringecke hinter einem Kübel hervor seine Anweisungen geraunt. Weswegen lungerte er geduckt hier herum, zusammen mit einem lustlosen Mann und mit mir, warum horchte er auf unseren Atem, auf die See, auf das Rieseln des Sandes, den der Wind durch unseren Durchgang trieb, auf einen angeketteten Hund, ein Nebelhorn, auf das Gerumpel der Trambahnen ein Dutzend Straßen landeinwärts, warum beobachtete er das Aufflackern eines Zündholzes, das frische Gesicht eines Jungen, der in den Schatten spähte, den Lichtstrahl des Leuchtturms, die Handbewegung nach der Zigarette, wo doch die sich spreitende Stadt im Nieselregen vor ihm lag mit ihren Lokalen, Clubs und Kaffeehäusern, ihren Flanierstraßen, ihren Passagen nahe der Promenade – und voll von Freund und Feind war? Er hätte auch Karten, hätte Napoleon spielen können beim Schein einer Kerze in einem Schuppen auf einem Holzlagerplatz.

Nun setzten in den winzigen Reihenhäusern die Familien sich zum Abendessen, die Radios waren angedreht, die jungen Männer der Haustöchter saßen artig in den Vorderzimmern. In den Nachbarhäusern lasen sie die Zeitung auf der Tischdecke und die Erdäpfel vom Mittagessen wurden zu Bratkartoffeln aufgewärmt. In den Vorderzimmern der Häuser oben am Hügel droschen sie Karten. Und ganz oben, auf der Anhöhe, hatten die Familien Besuch, unterhielten sich mit Freunden, und die Jalousien waren noch lange nicht heruntergezogen. Ich hörte die See in einer frostig-stummen Pause dieser so fröhlich-betriebsamen Nacht.

Der eine der Fremden sagte plötzlich mit hoher, klarer Stimme:

»Was tun wir da allesamt eigentlich?«

»Unter 'nem verdammten Brückenbogen stehn«, sagte der andere.

»Und kalt ist es auch«, sagte ich.

»Nicht gerade gemütlich«, sprach die hohe Stimme des jungen Mannes mit der komischen, jetzt nicht sichtbaren Miene. »Ich hab' schon bessere Hotels besucht.«

»Na, und die Nacht im Majestic?« fragte die andere Stimme. Langes Schweigen folgte.

»Stehst du oft hier drunter?« fragte der Angenehmere der beiden. Er mochte nie Stimmbruch gehabt haben.

»Nein, es ist das erste Mal hier«, sagte ich. »Manchmal steh' ich unter der Brynmill-Brücke.«

»Schon mal den alten Pier probiert?«

»Nicht gut bei Regen, wie?«

»*Unterm* Pier, meine ich, zwischen den Stützbalken.«

»Nein, dort war ich noch nie.«
»Tom verbringt jeden Sonntag unterm Pier«, sagte der junge Mann mit dem Boxergesicht verbittert. »Und ich muß ihm sein Mittagmahl in Zeitungspapier bringen.«
»Da kommt schon wieder ein Zug«, sagte ich. Er raste über uns hinweg, der Brückenbogen hallte, die Räder kreischten durch unsere Köpfe, wir waren ertaubt, funkengeblendet und zermalmt unter der feurigen Last und erhoben uns gleich zermürbten, zerschlagenen, schwarzen Männern in dem Grab dieses Brückenbogens. Nichts, kein Laut mehr, kam von der aufgeschluckten Stadt herüber. Die Trambahnen hatten sich stummgerumpelt. Der Druck der verborgenen See scheuerte den Dreck von den Docks. Einzig drei junge Männer waren noch wach und lebendig.
Der eine sagte: »Armseliges Leben, so ohne Dach überm Kopf.«
»So hast du gar kein Zuhause?« fragte ich.
»Aber ja, ich hab' ein Daheim, ganz wie sich's gehört.«
»Ich auch.«
»Und ich wohne gleich beim Cwmdonkin Park«, sagte ich.
»Das ist auch noch so ein Ort, wo Tom immer im Finstern hockt.«
»Er hört dort den Eulen zu, sagt er.«
»Ich hab mal 'nen Kumpel gekannt, der auf dem Land gewohnt hat, bei Bridgend«, sagte Tom, »und sie hatten dort im Krieg eine Munitionsfabrik und die hat alle Vögel vertrieben. Jener Kumpel sagt, einen Kuckuck von Bridgend kannst du ganz leicht nachahmen, es geht so: ›Blutkuck, Blutkuck!‹ «
»Blutkuck!« hallte es nach unterm gemauerten Bogen.
»Aber warum stehst denn *du* hier drunter?« fragte Tom. »Zuhause ist's warm! Du kannst die Vorhänge zuziehen und dich ans Feuer setzen, kannst dir's gemütlich machen wie 'ne Tapetenwanze. Gracie ist im Radio heut' Nacht. Was brauchst Du dich da unterm alten Mond herumzutreiben?«
»Ich mag nicht daheim sein, mag nicht am Feuer sitzen. Hab' nichts zu tun, wenn ich zu Hause bin, und mag nicht ins Bett

gehen. Ich steh' so gern herum, ohne was zu tun, nur so im Finstern für mich allein«, sagte ich.
Und das stimmte auch. Ich war ein einsamer Nachtschwärmer und beharrlicher Eckensteher. Ich durchstreifte mit Vorliebe nach Mitternacht die nasse Stadt, wenn die Straßen verlassen waren und alle Fenster erloschen – ganz für mich allein und lebendig auf den im Mondlicht glitzernden Trambahnschienen in der toten und leeren High Street, von unermeßlicher Traurigkeit erfüllt auf den dunstenden Straßen an der geisterhaften Ebenezer Kirche. Und niemals fühlte ich mich intensiver als Teil der fernen und so bedrückenden Welt, oder stärker erfüllt von Liebe und Hochmut und Mitleid und Demut, nicht nur für mich allein, sondern für die ganze, atmende Erde, an der ich litt, und auch für die gefühllosen Planetensysteme hoch oben im Raum, für Mars und für Venus und Brazell und Skully, für die Menschen in China wie in St. Thomas, für die spöttischen wie die bereitwilligen Mädchen, für Soldaten und Raufbolde und Polizisten und für die kritisch-argwöhnischen Käufer von antiquarischen Büchern, für die schlechten, zerlumpten Weiber, die da Liebe heuchelten, gegen die Museumsmauer gelehnt für eine Tasse Tee, und auch für die makellosen unnahbaren Damen, wie aus Modezeitschriften geschnitten, sieben Fuß hoch und langsam vorübersegelnd in ihren glatten, satinglänzenden Kreationen, vorüber durch Stahl und durch Glas und durch Samt. Ich lehnte mich gegen die Mauer eines verlassenen Hauses der besseren Wohngebiete oder durchstreifte die leeren Zimmer, stand furchtsam im Treppenhaus herum, spähte durch die zerscherbten Fenster aufs Meer hinaus oder auch ins Nichts und sah zu, wie die Lichter eines ums andere in den Avenuen erloschen. Oder ich lungerte herum in einem halbfertigen Haus, nur den Himmel als Dach über mir, auf den Leitern die Katzen, und der Wind rüttelte am Skelett der künftigen Schlafräume.
»Und ihr beide, ihr könnt doch auch den Mund aufmachen«, sagte ich.

»Warum seid denn *ihr* nicht zu Hause?«
»Ich mag nicht daheim sein«, sagte Tom.
»Und ich bin nicht wählerisch«, sagte sein Freund.
Sobald ein Zündholz aufflammte, zuckten ihre Köpfe auf und liefen auseinander an der Mauer, und Formen geflügelter Stiere wuchsen ins Riesenhafte und schrumpften zusammen. Tom fing an, eine Geschichte zu erzählen. Ich stellte mir vor, wie das wohl wäre, wenn ein neuer, unbekannter Spaziergänger am Brückenbogen vorüberkäme und ganz plötzlich aus einem Loch diese hohe Stimme vernähme.
Ich kriegte den Anfang der Erzählung nicht mit, da ich an den Mann auf dem Strand dachte, wie er voll Bestürzung lauschen oder gleich einen Fußballer allerlei Haken schlagen würde, mal landwärts, mal meerwärts sich fortbewegend unterm Ansprung der Finsternis, näher und näher auf die Lichter hinter der Bahnlinie zu. Erst mitten im Satz vernahm ich wieder Toms Stimme:
». . . zu ihnen hinaufgegangen und habe gesagt, es sei eine herrliche Nacht heute. Aber sie war alles andre als herrlich. Der Strand war leer. Wir haben sie nach ihren Namen gefragt, und sie fragten nach den unseren. Das war, als wir den Strand entlangschlenderten. Walter hier erzählte ihnen gerade von dem Gesangsvereinsfest im ›Melba‹, und was da in der Damengarderobe los war. Die Tenöre mußtest du abschleppen wie ein Geheimpolizist.«
»Und wie haben die beiden geheißen?« fragte ich.
»Doris und Norma«, sagte Walter.
»So sind wir über den Strand spaziert in Richtung auf die Dünen zu«, sagte Tom, »und Walter ist mit Doris gegangen, und ich war mit Norma. Norma arbeitete in der Dampfwäscherei. Aber wir waren kaum ein paar Minuten zusammen unterwegs – du lieber Gott, da hab' ich schon gewußt, daß ich Hals über Kopf verliebt war in das Mädchen, und dabei war sie gar nicht die Hübschere von den beiden.«
Er beschrieb sie. Ich hatte sie deutlich vor Augen: ihr pausbackiges, gutmütiges Gesicht, lustige braune Augen, ein war-

mer, breitgeformter Mund, dichtes kurzgestutztes Haar, plumper Körper, Flaschenwaden, breiter Hintern – dies alles erstand vor mir aus den paar Worten von Toms Erzählung, und ich sah das Mädchen fest und gemächlich dahinschreiten über den Strand, im getupften Kleid durch den verregneten Herbstabend, die abgearbeiteten Hände in Modehandschuhen, einen goldenen Armreif um das Gelenk, mit dazwischengestecktem Voile-Taschentuch, in der marineblauen Handtasche die üblichen Briefe, die Ausflugsfotos, den Dienstvertrag, eine Buskarte und eine Shillingmünze.
»Doris war die Hübsche«, sagte Tom, »frisch und aufgekratzt und so scharf wie 'n Messer. Ich war damals Sechsundzwanzig und noch nie verliebt gewesen, und da war ich nun, linkisch um Norma bemüht inmitten des Tawe-Strands, viel zu aufgeregt, als daß ich auch nur mit dem Finger an ihren Handschuh hätte streifen mögen. Dabei hatte Walter schon den Arm um Doris gelegt.«
Sie suchten Unterschlupf hinter einer Düne. Die Nacht sank rasch hernieder. Walter wurde Doris gefährlich, er nahm sie fest in die Arme und hatte seinen Spaß an ihr, und Tom saß ganz nahe bei Norma, tollkühn genug, ihre kalte, behandschuhte Hand zu umfassen und ihr seine sämtlichen Geheimnisse anzuvertrauen. Er nannte ihr sein Alter und seinen Beruf. Er verbringe den Abend gern mit Lesen guter Bücher, sagte er. Norma tanzte gern. Auch er hatte was fürs Tanzen übrig. Norma und Doris waren Schwestern. »Darauf wär' ich nie gekommen«, sagte Tom. »Du bist so schön und ich liebe dich.«
Jetzt wich die Nacht des Geschichtenerzählens unterm Eisenbahnbogen der Liebesnacht in den Dünen. Der Brückenbogen wölbte sich jetzt so hoch wie der Himmel. Der ferne Lärm der Stadt erstarb. Wie ein Kuppler lag ich neben Tom im Gesträuch und äugte durchs Gezweig, um zu sehen, wie er seine Hände um Normas Brüste muldete.
»Nicht doch! Untersteh dich!« Walter und Doris lagen lautlos nahebei. Man hätte das Fallen einer Nadel hören können.

»Und das Kuriose daran war«, sagte Tom, »daß wir uns ein bißchen später alle im Sand aufsetzten und einander zulächelten. Und dann wechselten wir, leise übereinanderkriechend, unsere Plätze in der sandigen Finsternis, ganz ohne ein Wort. Und Doris lag jetzt bei mir, und Norma bei Walter.«
»Warum hast Du gewechselt, wo du doch *sie* geliebt hast«, fragte ich.
»Das hab' ich nie recht verstanden«, sagte Tom. »Nacht für Nacht denk' ich drüber nach.«
»Das ist im Oktober gewesen«, sagte Walter.
Und Tom fuhr fort: »Wir haben dann bis Juli von den Mädchen nicht viel gesehen. Ich konnte Norma nicht in die Augen schauen. Dann brachten sie zwei Vaterschaftsklagen gegen uns ein, und Mr. Lewis, der Richter, war achtzig und stocktaub dazu. Er hielt immer ein kleines Hörrohr ans Ohr, und Norma und Doris machten ihre Aussagen hinein. Danach sagten auch wir aus, und er konnte sich kein Urteil bilden, welches Kind nun zu welchem Vater gehöre. Und zum Schluß wackelte er mit dem Kopf, nickte ein paar Mal und wies mit dem Hörrohr auf uns und sagte: »Genau wie die kleinen Hunde auch, ganz genauso!«
Mit einem Mal verspürte ich, wie kalt es war. Ich rieb mir die fühllosen Hände. Aus irgendwelcher Laune die ganze Nacht in der Kälte zu stehen! Aus Laune zu lauschen, dachte ich, einer langen Geschichte zu lauschen mit unbefriedigendem Ausgang in der beißend-frostigen Nacht unter einer Eisenbahnbrücke am Nordpol. »Und was geschah dann?« fragte ich. Es war Walter, der die Antwort gab: »Ich hab' Norma geheiratet«, sagte er, »und Tom hat Doris zur Frau genommen. Wir haben sie doch nicht im Stich lassen können, nicht? Und das ist der Grund, warum Tom nicht nach Haus' gehen mag. Nie kommt er nach Haus' vor dem frühen Morgen. Und ich muß ihm Gesellschaft leisten. Er ist ja mein Bruder.«
Ich hatte zehn Minuten bis nach Hause, im Laufschritt. Ich schlug den Mantelkragen hoch und zog mir die Kappe über die Ohren. »Und das Kuriose dran ist«, sagte Tom, »daß ich

Norma liebe, und daß Walter weder Norma noch Doris mag. Wir haben zwei kleine, nette Jungen miteinander. Ich hab' den meinen Norman genannt.«

Wir schüttelten einander die Hände.

»Wiedersehen«, sagte Walter.

»Ich treib' mich immer hier in der Gegend herum«, sagte Tom.

»Abyssinia!«

Ich trat aus dem Bogen, querte Trafalgar Terrace und eilte die steilen Straßen hinauf.

Wo Tawe sich erstreckt

Punkt neun Uhr abends klopften Mr. Humphries, Mr. Roberts und der junge Mr. Thomas an den vorderen Eingang von Mr. Emlyn Evans' kleiner Villa ›Lavengro‹. Sie warteten, hinter einer Ehrenpreisstaude versteckt, während drinnen Mr. Evans in Hauspantoffeln vom Hinterzimmer zum Vordereingang schlurfte und mit der Verriegelung nicht gleich zurechtkam.

Mr. Humphries, ein Schullehrer, war ein hochgewachsener, gutaussehender Mann, der unter Stottern litt und einen wenig erfolgreichen Roman geschrieben hatte.

Mr. Roberts, ein stets gutgelaunter, nicht im besten Rufe stehender Mann in mittleren Jahren war Kassierer bei einer Versicherung; im Geschäft nannten sie ihn den Leichenräuber, und bei seinen Freunden war er als Burke und Hare, der walisische Nationalist bekannt. Vormals hatte er eine hohe Position in einer Brau-Verwaltung innegehabt.

Der junge Mr. Thomas war im Moment arbeitslos, aber jedermann wußte, daß er sich in Bälde nach London begeben werde, um in Chelsea als freier Journalist seinen Weg zu machen. Er nannte keinen Groschen sein eigen und hoffte, auf irgendeine Weise sich von Frauen über Wasser halten zu lassen.

Sobald Mr. Evans die Haustür aufgeschlossen hatte und mit der Stablampe die enge Auffahrt hinunterleuchtete, wobei er die Garage und das Hühnergehege erhellte, nicht aber den raschelnden Strauch, sprangen die drei Freunde dahinter hervor und riefen mit drohender Stimme: »Wir sind von der G. P. U., lassen Sie uns ein!«

»Wir suchen nach staatsgefährdender Literatur«, brachte Mr. Humphries mühsam hervor und salutierte dazu.

»Heil Saunders Lewis! Und wir wissen, wo sie zu finden ist«, sagte Mr. Roberts.

Mr. Evans knipste die Stablampe aus. »Nur herein aus der Nachtluft, Jungens, und nehmt erst mal 'nen tüchtigen Schluck! Ohnehin nur Pastinaken-Wein«, ergänzte er.
Sie nahmen Hüte und Mäntel ab, stapelten sie am Ende des Treppengeländers übereinander, sprachen nur leise, aus Besorgnis, die Zwillinge George und Celia zu wecken, und folgten Mr. Evans in sein Zimmer.
»Und wo ist Ihr Hausdrachen, Mr. Evans?« fragte Mr. Roberts in Cockney-Akzent. Er wärmte sich die Hände vorm Feuer und betrachtete mit überraschtem Lächeln, obwohl er jeden Freitag dieses Haus besuchte, die ordentlich gereihten Bücher, den reichgeschnitzten Rolladen-Schreibtisch, der das Wohnzimmer zum Arbeitsraum machte, die blankgeputzte alte Standuhr, die Photographien, auf denen die Kinder starr nach dem bekannten Piepmatz blickten, den nicht schäumenden, köstlichen hausgemachten Wein in der alten Bierflasche, der so wirkungsvoll war, und den schlafenden Kater auf dem ausgefransten Vorleger. »Endlich daheim bei der Bourgeoisie!«
Er selber war ein unterstandsloser Junggeselle mit Vergangenheit, schwer verschuldet, und sein größtes Vergnügen bestand darin, den Freunden die Frauen und die Behaglichkeit zu neiden und darüber vertrauliche und irgendwie abschätzige Bemerkungen zu machen.
»In der Küche«, sagte Mr. Evans, während er die Gläser herumreichte.
»Der rechte und einzige Ort für die Frau«, sagte Mr. Roberts herzlich, »mit einer Ausnahme.«
Mr. Humphries und Mr. Thomas rückten die Stühle um das Feuer, und alle vier nahmen Platz, nahe beisammen und vertraulich und die gefüllten Gläser in Händen. Eine Zeitlang fiel kein Wort. Sie blickten einander verstohlen und wissend an, nippten und seufzten, zündeten sich die Zigaretten an, welche Mr. Evans aus einer Schublade zum Vorschein gebracht hatte, und einmal warf Mr. Humphries einen Blick auf die Standuhr, blinzelte und legte den Finger an die Lippen. Dann,

als die Besucher sich angewärmt hatten, der Wein zu wirken begann und die bitterkalte Nacht vergessen war, sagte Mr. Evans mit dem leisen Schaudern eines verbotenen Genusses: »Meine Alte geht in einer halben Stunde zu Bett. Dann können wir mit unserer Arbeit beginnen. Habt ihr alles dabei?«

»Sogar das Werkzeug«, sagte Mr. Roberts, indem er sich auf die Seitentasche klopfte.

»Und über was reden wir bis dahin?« fragte der junge Mr. Thomas.

Mr. Humphries blinzelte wieder. »Über nichts!«

»Ich hab' auf den heutigen Besuchsabend gewartet wie nur als kleiner Junge auf den Samstag«, sagte Mr. Evans. »Da hab' ich immer einen Penny gekriegt. Und alles ist für Lutsch- und Gummibonbons draufgegangen.«

Er war Vertreter für Gummiartikel, Gummispielzeug, allerlei Spritzen und Badematten. Bisweilen nannte ihn Mr. Roberts den Freund der schwachen Männer, um ihn in Verlegenheit zu bringen. »Nein, nein, nein«, widersprach Evans dann, »ihr könnt euch ja meine Musterkollektion anschauen, da ist nichts dergleichen dabei!« Er war Sozialist.

»Ich hab' mir für meinen Penny immer ein Päckchen Cinderellas gekauft«, sagte Mr. Roberts, »und sie im Schlachthof geraucht. Nie hat mir das Rauchen mehr Spaß gemacht als damals. Jetzt sieht man sie gar nicht mehr.«

»Erinnern Sie sich noch an den alten Jim, den Schlachthofaufseher?« fragte Mr. Evans.

»Den hat's dort erst nach meiner Zeit gegeben. Ich bin kein solcher Grünschnabel wie ihr.«

»Nun, gar so alt sind Sie auch nicht, Mr. Roberts, verglichen mit G. B. S.!«

»Hören Sie mir auf mit dieser Shaw-Anbetung, ich halt' nichts davon, ich esse Geflügel und Fleisch ganz ohne schlechtes Gewissen.«

»Auch Blumen?«

»Na, na! Ihr Literaten, hört auf, über meinen Kopf hinweg zu reden! Ich bin bloß ein armer alter Leichenräuber, der auf Pump lebt.«

»Der hat dir in die Innereienkiste gegriffen und 'ne Ratte mit schon gebrochenem Genick hervorgezogen, so geschickt, als ging's um ein Glas Bier!«

»Und das hat er dann auch gewonnen.«

»Aufhör'n, aufhör'n!« Mr. Humphries klopfte mit dem Glas auf den Tisch. »Ihr sollt nicht schon jetzt eure Geschichten aus dem Sack lassen, wir werden sie allesamt noch brauchen können«, sagte er. »Haben Sie die Schlachthofgeschichte in Ihrem Notizbuch, Mr. Thomas?«

»Ich werd' sie mir merken.«

»Und vergessen Sie nicht, es geht jetzt bloß darum, aufs Geratewohl draufloszureden«, sagte Mr. Humphries.

»Okay, Roderick!« versetzte Mr. Thomas prompt.

Mr. Roberts hielt sich die Ohren zu. »Die Konversation wird esoterisch«, sagte er. »Entschuldigen Sie mein Französisch! Mr. Evans, haben Sie sowas wie 'ne Vogelflinte? Ich möchte die Schöngeister damit verscheuchen. Hab' ich Ihnen jemals von der Zeit erzählt, als ich vor der John O'London-Gesellschaft einen Vortrag gehalten habe über ›Die Nützlichkeit des Unnützen‹? Das war eine harte Nuß. Ich redete die ganze Zeit über Jack London, und als es am Ende hieß, der Vortrag habe nicht gehalten, was er im Titel versprochen, sagte ich drauf, ›Nun, es war ein unnützer Vortrag über das Thema, nichtwahr?‹, und da gab es nichts drauf zu erwidern. Frau Dr. Davies saß in der ersten Reihe, Sie kennen sie ja noch? Sie hat jenen ersten Vortrag über W. J. Locke gehalten und sich in der Mitte verhaspelt, indem sie unfreiwillig Schüttelreime produzierte. Erinnern Sie sich, was sie aus dem ›geliebten Vagabunden‹ gemacht hat, Mr. Humphries?«

»Aufhör'n, aufhör'n!« rief Mr. Humphries ächzend, »sparen Sie sich das für später auf!«

»Noch Lust auf einen Schluck Wein?«

»Er läuft die Kehle hinunter wie Öl, Mr. Evans.«

»Wie Babymilch.«

»Sagen Sie's nur, Mr. Roberts.«
»Ein viersilbiges Wort, das einen Zeitabschnitt bedeutet. Dankeschön. Ich hab' das auf einer Zündholzschachtel gelesen.«
»Weshalb druckt man auf Zündholzschachteln keine Fortsetzungsgeschichten? Da könnten Sie im Laden alle aufkaufen, um zu erfahren, was Daphne als nächstes tut«, sagte Mr. Humphries.
Er hielt inne und blickte betreten auf die Freunde ringsum. Daphne hieß nämlich jene grüne Witwe in Manselton, derenthalben Mr. Roberts beides verloren hatte: seinen guten Ruf und seine Position in der Brauerei. Er hatte die Gewohnheit, ihr die Flaschen frei Haus zu liefern, hatte ihr eine Hausbar gekauft und ihr einhundert Pfund gegeben samt dem Ring seiner Mutter. Sie hingegen gab großzügige Parties, ohne ihn jemals einzuladen. Nur Mr. Thomas war der Name aufgefallen, und so sagte er jetzt: »Nein, Mr. Humphries, am besten würde sich dergleichen auf Klosettpapierrollen machen.«
»Als ich in London war«, sagte Mr. Roberts, »wohnte ich bei einem Paar namens Armitage in Palmer's Green. Er montierte Vorhänge und Fensterblenden. Sie hatten die Gewohnheit, einander ihre Mitteilungen schriftlich auf der Klosettpapierrolle zu hinterlassen, Tag für Tag.«
»Wenn sie Venezianer-Blenden wollen«, sagte Mr. Evans, »dann stechen Sie sie mit der Hutnadel ins Auge.« Er fühlte sich immer ein wenig an die Wand gespielt im Verlauf seiner Heimabende und wartete nur darauf, daß Mrs. Evans mißbilligend aus der Küche eintreten werde.
»Ich hab' mir oft genug den Arsch wischen müssen mit: ›Lieber Tom, denk daran, daß die Watkinsons zum Tee kommen‹, oder mit ›Für Peggy, zur Erinnerung an Tom‹. Mr. Armitage war Mosley-Anhänger.«
»Organisierte Räuber und Mörder!« sagte Mr. Humphries.
»Im Ernst, was machen wir nur gegen diese Gleichmacherei des Individuums?« fragte Mr. Evans. Maud war noch immer in der Küche; er hörte sie mit den Tellern klappern.

»Ich antworte mit einer Gegenfrage«, versetzte Mr. Roberts, indem er Mr. Evans die Hand aufs Knie legte. »Was ist denn noch übrig an Individualität? Das Massenzeitalter bringt den Massenmenschen hervor. Und die Maschine den Roboter.«

»Als ihren Sklaven«, brachte Mr. Humphries recht deutlich heraus, »nicht, wohlgemerkt, als ihren Herrn.«

»Da haben wir's. Das ist es. Tyrannenherrschaft durch Zündkerzen, Mr. Humphries, und immer sind es Leib und Leben, die dafür bezahlen.«

»Hat jemand sein Glas leer?«

Mr. Roberts stellte sein Glas auf den Kopf. »In Llanelly hat das bedeutet, ›ich will's mit dem stärksten Kerl im Zimmer auf einen Boxkampf ankommen lassen!‹ Doch im Ernst, wie Mr. Evans sagt, der Individualist im alten Sinn – das paßt in die heutige Zeit wie die Faust aufs Auge.«

»Und auf was für 'n Auge!« sagte Mr. Thomas.

»Nehmen wir nur unsere nationalen – wie hat sie der ›Betrachter‹ letzte Woche genannt –, unsere nationalen Verführer.«

»Behalten Sie die nur für sich, Mr. Roberts, wir haben schon Ratten genug«, sagte Mr. Evans unter nervösem Auflachen.

In der Küche war es jetzt ganz still. Maud war fertig.

»›Betrachter‹, das ist ein *nom de plume* für Basil Gorse Williams«, sagte Mr. Humphries. »Hat jemand von euch das gewußt?«

»*Nom de guerre*. Haben Sie seinen Artikel über Ramsey Mac gelesen? ›Ein Schaf im Wolfspelz‹.«

»Den kenn' ich!« sagte Mr. Roberts verächtlich, »er hat mir den Magen umgedreht.«

Mrs. Evans hörte diese letzte Äußerung bei ihrem Eintritt ins Zimmer. Sie war eine magere Frau mit verbitterten Zügen, abgearbeiteten Händen, ausdruckslosen, einstmals schönen braunen Augen und einer vorspringenden Nase. Sie war nur schwer aus der Fassung zu bringen, hatte einmal sogar an einem Silvesterabend über eine Stunde Mr. Roberts bei der Beschreibung seiner Hämorrhoiden zugehört und unwidersprochen geduldet, daß er diese die Trauben des Zornes genannt hatte. In nüchternem Zustand pflegte Mr. Roberts Mrs. Evans mit Ma'am anzureden und mit ihr übers Wetter oder über Erkältungen zu plaudern. Er sprang auf und bot ihr seinen Sitz an.

»Nein, dankeschön, Mr. Roberts«, sagte sie mit schneidender Stimme, »ich bin im Begriff, mich niederzulegen. Meine Erkältung macht mir zu schaffen.«

Hau du nur ab ins Bett, miese Maud, dachte der junge Mr. Thomas und fragte: »Wollen Sie sich nicht vorm Schlafengehen noch ein wenig wärmen, Mrs. Evans?«

Sie schüttelte den Kopf, hatte für die Freunde nur ein verkniffenes Lächeln und sagte zu Mr. Evans: »Und bring erst noch die Welt in Ordnung, ehe du ins Bett kommst!«

»Es wird heute nur bis Mitternacht dauern, mein Wort drauf, Maud. Ich bringe Sambo noch nach hinten.«

»Gute Nacht, Ma'am.«

Schlaf gut, gekränkte Leberwurst.

»Dann will ich die Herren nicht länger stören«, sagte sie. »Und was vom Pastinakenwein für Weihnachten noch übrig ist, steht im Schuhkasten, Emlyn. Aber versauft nicht alles. Gute Nacht.«

Mr. Evans hob die Augenbrauen und stieß einen Pfiff aus. »Puh, Jungens!« Er fächelte sich mit dem Halstuch zum Schein das Gesicht. Dann hielt er mittendrin inne. »Sie war an ein großes Haus gewöhnt«, sagte er, »mit Dienstboten und allem Drum und Dran.«

Mr. Roberts brachte aus seiner Rocktasche Bleistifte und Füllhalter zum Vorschein. »Wo ist das unschätzbare Manuskript? Tempus fugit in einemfort!«

Mr. Humphries und Mr. Thomas legten sich Notizbücher aufs Knie, nahmen jeder einen Bleistift zur Hand und sahen zu, wie Mr. Evans die Tür der Standuhr öffnete. Unter den schwankenden Uhrgewichten war ein Stoß Papier in einen blauen Bogen eingeschlagen und verschnürt. Mr. Evans legte das alles aufs Pult.

»Zur Geschäftsordnung«, sagte Mr. Roberts. »Wo waren wir stehengeblieben? Haben Sie das Protokoll, Mr. Thomas?«

»›*Wo Tawe sich erstreckt*‹«, sagte Mr. Thomas, »›Ein Roman aus dem provinziellen Leben.‹ Kapitel Eins: Beschreibung der Stadt im Querschnitt, also Dockland, Elendsviertel, Stadtrandgebiete etc. Das hätten wir durch. Als Überschrift beschlossen wir: Kapitel Eins, ›Die Stadt als Gemeinwesen‹. Kapitel Zwei soll nun heißen ›Die privaten Sphären‹. Mr. Humphries hat dazu folgenden Vorschlag gemacht: ›Jeder Mitarbeiter nimmt eine charakteristische Figur, egal aus welcher sozialen Sphäre oder Schicht in der Stadt, und stellt sie den Lesern in kurzgefaßtem Lebenslauf vor, bis zu jenem Punkt, an dem wir mit der eigentlichen Erzählung einsetzen, daß heißt im Winter eben dieses Jahres. Die Einführungen besagter Figuren, im folgenden als Hauptprotagonisten anzusehn, sowie ihre biographischen Chroniken sollen den Inhalt des zweiten Kapitels bilden.‹ Irgendwelche Fragen, meine Herren?«

Mr. Humphries stimmte allem zu, was er gesagt hatte. Seine charakteristische Figur war ein feinfühliger Schullehrer von fortschrittlicher Gesinnung, mißverstanden, falsch beurteilt und schlecht behandelt.

»Keine weiteren Fragen«, sagte Mr. Evans. Er zeichnete für die Stadtrandgebiete verantwortlich und raschelte mit seinen Aufzeichnungen in der Erwartung, den Anfang zu machen.

»Ich habe bis jetzt noch gar nichts niedergeschrieben«, sagte Mr. Roberts, »hab' aber alles so gut wie fertig im Kopf.« Er hatte sich fürs Elendsviertel entschieden.

»Was mich betrifft«, meinte Mr. Thomas, »so bin ich mir noch nicht im klaren, ob ich mir ein Barmädchen oder eine kleine Hure vornehmen soll.«

»Und wie wär's mit beidem in einer Person?« regte Mr. Roberts an. »Oder vielleicht könnte jeder von uns ein Figurenpaar behandeln? Ich würde ganz gern auch 'nen Stadtrat übernehmen und einen, der die Leute ausnimmt.«

»Wer hätte sich schon mit dergleichen befaßt, Mr. Humphries?« fragte Mr. Thomas.
»Die alten Griechen.«
Mr. Roberts stieß Mr. Evans unauffällig an und raunte: »Mir fällt da gerade ein möglicher Anfang für meinen Teil ein, hör zu, Emlyn: ›Auf dem wackeligen Tisch in der Ecke des überfüllten, abbröckelnden Zimmers hätte ein Fremder im flakkernden Licht der auf eine Ginflasche gesteckten Kerze eine zerbrochene Tasse sehen können, voll von Kotze oder Eiercreme‹.«
»Mach keine blöden Witze, Ted«, sagte Mr. Evans lachend. »Den Satz hast du schon vorher niedergeschrieben.«
»Nein, ich schwör' dir, er ist mir nur eben so durch den Kopf gegangen!« Er schnalzte mit den Fingern. »Oder wer hat in meinen Aufzeichnungen gelesen?«
»Haben auch Sie schon irgendwas zu Papier gebracht Mr. Thomas?«
»Noch nicht, Mr. Evans.« Er hatte in dieser Woche an der Geschichte einer Katze gearbeitet, einer Katze, die über eine sterbende Frau sprang und sie im Augenblick von deren Tod in einen Vampir verwandelte. Derzeit hielt er an jenem Punkt der Geschichte, wo die Frau zur untoten Kindererzieherin geworden war, wußte aber noch nicht, wie die Passage in den Roman einzubauen wäre.
»Aber es spricht kein Grund dafür, nicht wahr«, fragte er, »daß wir das Element des Phantastischen völlig außer acht lassen?«
»Augenblick mal, Augenblick!« rief Mr. Humphries. »Halten wir uns strikt an die Realität! Mr. Thomas macht uns sonst aus sämtlichen Figuren die absonderlichsten Vögel, und das, noch ehe wir wissen, wo wir eigentlich sind. Immer schön eins nach dem andern. Hat irgend jemand von Ihnen die Vorgeschichte der von ihm gewählten Figur schon fertig?« Er hielt seine mit roter Tinte geschriebene Biographie in Händen. Die Schriftzüge waren gelehrtenhaft, sauber und klein.
»Ich glaube, meine Figur ist so gut wie bühnenreif«, sagte

Mr. Evans, »aber ich hab' das ganze noch nicht ins reine geschrieben. Ich werde mich auf meine Notizen beziehen und alles andere aus dem Kopf beisteuern müssen. Es ist eine recht alberne, banale Geschichte.«

»Nun gut, natürlich sind dann Sie dran, den Anfang zu machen«, sagte Mr. Humphries mit einem Anflug von Enttäuschung.

»Jedermanns Lebenslauf ist irgendwie banal oder töricht«, sagte Mr. Roberts. »Der meine würde sogar die Hühner zum Lachen bringen.«

Mr. Humphries sagte: »Hier kann ich nicht beistimmen. Das Leben jenes mythischen Generalnenners, des Mannes von der Straße, ist langweilig bis zum Erbrechen, Mr. Roberts. Die kapitalistische Gesellschaft hat aus ihm ein bloßes Bündel von Verdrängungen und sinnlosen Gewohnheiten gemacht, und das alles unter dem Symbol der Mittelstands-Gottheit: unterm steifen Hut, der Melone.« Er blickte rasch von den in der hohlen Hand bewahrten Notizen auf. »Die unablässige Plackerei ums tägliche Brot und die Butter darauf, die Oger der Arbeitslosigkeit, die haarspalterischen Götter der Geziert- und der Vornehmheit, die hohlen Lügen des Ehebetts! Ehe«, sagte er, indem er die Asche auf den Teppich fallen ließ. »Monogame Prostitution!«

»Höh, höh – jetzt ist er in seinem Fahrwasser!«

»Mr. Humphries reitet wieder mal sein Steckenpferd!«

»Ich fürchte«, sagte Mr. Evans, »daß es mir am extensiven Vokabular unseres Freundes mangelt. Habt Einsehen mit 'nem armen Amateur! Ihr beschämt ja meine kleine Geschichte, noch bevor ich damit angefangen habe.«

»Ich bin nach wie vor der Meinung, daß das Leben des einfachen Mannes überaus ungewöhnlich verläuft«, sagte Mr. Roberts. »Nehmen wir nur mein eigenes . . .«

»Als Schriftführer«, sagte Mr. Thomas, »bin ich dafür, wir knöpfen uns zunächst Mr. Evans' Geschichte vor. Wir müssen *Tawe* noch rechtzeitig fürs Frühjahrsprogramm hinkriegen.«

»Mein ›Morgen und abermals Morgen‹ ist in den Hundstagen des Sommers herausgekommen«, sagte Mr. Humphries.

Mr. Evans räusperte sich, blickte ins Feuer und begann.

»Sie heißt Mary«, sagte er, »aber das ist nicht ihr wirklicher Name. Ich nenne sie so, weil es sie tatsächlich gibt, und wir keine Klage auf den Hals kriegen wollen. Sie bewohnt ein Haus namens ›Bellevue‹, aber auch das ist selbstverständlich nicht der echte Name. Es ist eine Villa, die anders heißt, Mr. Humphries. Ich habe diese Mary zu meiner Figur gewählt, weil ihr Lebensweg eigentlich eine kleine Tragödie ist, wenngleich nicht ganz frei von humoristischen Zügen. Man könnte ihn beinahe ein russisches Schicksal nennen. Mary – derzeit Mary Morgan, aber sie hieß vor ihrer Heirat Mary Phillips, doch das kommt später, das ist die Antiklimax – Mary Morgan also ist kein Vorstadtkind von Geburt, sie lebte auch nicht unterm Schatten des steifen Hutes so wie Sie oder ich – oder auch nur wie ich, meinetwegen. Ich bin im Haus ›Zu den Pappeln‹ zur Welt gekommen und lebe jetzt im ›Lavengro‹. Also ein Hut wie der andere sozusagen, wiewohl ich im Hinblick auf Mr. Humphries' Sticheleien anmerken muß – und ich bin der erste, seinen Standpunkt zu bewundern –, daß der gewöhnliche Alltagsmensch eine ebenso fesselnde Charakterstudie abgeben kann wie die neurotischen Poeten von Bloomsbury.«

»Erinnern Sie mich hinterher, daß ich Ihnen die Hand schüttle«, sagte Mr. Roberts.

»Sie haben die Sonntagszeitungen gelesen!« sagte Mr. Humphries anklagend.

»Ihr beide diskutiert euren Einwurf nachher zu Ende«, sagte Mr. Thomas. »›Ist der Durchschnittsmensch ein Duckmäuser?‹ Aber wie geht das nun weiter mit Mary?«

»Mary Phillips«, fuhr Mr. Evans fort, »– und bei der nächsten, hochgestochenen Unterbrechung ist Mr. Roberts dran, die Geschichte seiner Überlegungen zu erzählen, da geb' ich keinen Pardon – Mary Phillips also lebte auf einem großen Bauerngut in Carmarthenshire, den genauen Ort verrat' ich nicht, ihr Vater war Witwer. Er hatte alles zum Leben was man so braucht, und gesoffen hat er wie ein Loch, ist aber dabei stets ein Gentleman geblieben. Sachte, sachte, denken Sie nicht etwa an einen unterschwelligen Klassenkampf. Er stammte aus einer sehr guten, soliden Familie, aber er trank nun mal gern eins über den Durst, mehr gibt's dazu nicht zu sagen.«

Mr. Roberts meinte: »Jagen, Fischen – und Saufen.«

»Nein, er war durchaus nicht so 'n alteingesessener Typ, aber auch kein *nouveau riche*. Nicht etwa, daß es da früher einen Philippstein in seiner Familie gegeben hätte, wiewohl ich kein Antisemit bin. Ihr braucht doch bloß an Einstein und Freud zu denken. Und schlechte Christen gibt es ja ebenso. Er war nichts andres als ich euch begreiflich machen will, wenn ihr mich nur laßt: ein Mann von alter, guter bäuerlicher Abkunft, der sich was auf die hohe Kante gelegt hatte und es nun auf seine Weise durchbrachte.«

»Flüssig machte!«

»Er hatte bloß ein Kind, das war Mary, und die war so steif und korrekt, daß sie's ganz einfach nicht ertrug, es mitansehn zu müssen wenn er voll war. Jeden Abend kam er heim, aber nüchtern war er nie, und da schloß sie sich in ihre Schlafkammer ein und hörte ihn im Haus herumrumoren, nach ihr rufen und zuweilen auch das Porzellan zerschlagen. Aber das kam nur gelegentlich vor, und er hätte ihr kein Haar gekrümmt. Sie war um die Achtzehn und ein recht hübsches Mädchen, kein Filmstar, wohlgemerkt, nichts von dem, was dem Typ von Mr. Roberts entspräche, und vielleicht hatte sie 'n Ödipuskomplex, aber sie haßte ihren Vater und schämte sich seiner.«

»Was verstehen Sie unter dem Typ, der mir entspräche, Mr. Evans?«

»Tun Sie doch nicht so, als ob Sie's nicht wüßten, Mr. Roberts! Mr. Evans meint jene Sorte Mädchen, die Sie ohne Umstände mit nach Haus nehmen können, um ihnen Ihre Markensammlung zu zeigen.«

»Ruhe in der Bude!« rief Mr. Thomas.

»Ruhe im *Puff,* heißt das wohl«, sagte Mr. Roberts. »Mr. Thomas, Sie haben Angst, wir könnten glauben, Sie begönnern die unteren Klassen, wenn Sie reden wie Ihnen der Schnabel gewachsen ist.«

»Reden Sie keinen Unsinn, Mr. Roberts«, sagte Mr. Humphries.

»Mary Phillips verliebte sich in einen jungen Mann, den ich Marcus David nennen will«, setzte Mr. Evans fort, den Blick noch immer aufs Feuer gerichtet, um die Freunde nicht ansehn und nur zu den Flammenbildern sprechen zu müssen. »Und sie sagte zu ihrem Vater: ›Vater, Marcus und ich wollen uns verloben. Ich werde ihn an einem der nächsten Abende zum Abendessen mitbringen, und du mußt mir versprechen, nüchtern zu sein.‹

›Ich bin immer nüchtern‹, versetzte er, ohne im Moment nüchtern zu sein, und nach einer Weile versprach er's.

›Wenn du nicht Wort hältst, werd' ich dir das nie verzeihen‹, sagte Mary zu ihm.

Marcus war ein wohlbestallter Bauernsohn aus einer anderen Gemeinde, sowas wie 'n bukolischer Valentino, sofern ihr euch was drunter vorstellen könnt. Sie lud ihn zum Abendessen, und er kam denn auch, ein hübscher Bursche mit Schmachtlocke. Das Gesinde hatte freien Tag, Mr. Phillips war schon am Morgen zum Markt gefahren und noch nicht zurück. So mußte Mary selbst die Tür öffnen. Das war an einem Winterabend.

Stellen Sie sich die Szene vor: ein steifes, wohlerzogenes Provinzmädchen, voller Bindungen und Ängste, stolz wie eine Herzogin und schüchtern wie eine Stallmagd, macht eigenhändig ihrem Liebhaber die Tür auf und sieht ihn im Stockfinstern auf der Schwelle stehn, schüchtern und sympathisch. Soweit meine Notizen.

Ihre Zukunft hing an jenem Abend an einem Faden. ›Treten Sie ein‹, nötigte sie ihn. Küssen taten sie einander nicht, doch war's ihr recht, daß er eine Verbeugung vollführte und ihr die

Hand küßte. Sie führte ihn durch das Haus, das ganz besonders saubergemacht und auf Hochglanz poliert war, und zeigte ihm den Schrank mit dem Swansea-Porzellan. Und da es keine Ahnengalerie gab, zeigte sie ihm im Empfangsraum die Schnappschüsse ihrer Mutter und das Foto ihres Vaters als eines hochgewachsenen, jungen und nüchternen Burschen, ausgerüstet zur Otternjagd. Und all die Zeit über, während derer sie voll Stolz ihre Besitztümer zur Schau stellte in dem Versuch, Marcus, dessen Vater Friedensrichter war, zu zeigen, daß ihre Mittel ihr durchaus erlaubten, seine Braut zu werden, harrte sie voll Angst der Ankunft ihres Vaters.

›Ach du lieber Gott‹, betete sie im stillen, während sie mit ihrem Besucher Platz nahm zu einem kalten Abendimbiß, ›laß meinen Vater nur in präsentablem Zustand erscheinen!‹ Ihr könnt sie ja eine eingebildete Gans nennen, wenn ihr wollt, müßt aber in Rechnung stellen, daß damals das Leben der reichen Landleute unterm strengen Diktat eines antiquierten Besitztotemismus und -fetischismus stand. Beim Abendessen zählte sie ihm ihren Familienstammbaum her und hoffte nur, mit dem Essen seinen Geschmack getroffen zu haben. Es hatte eigentlich ein warmes Abendessen werden sollen, doch wollte sie nicht, daß er das Gesinde zu sehen bekäme, Leute, die samt und sonders alt und unsauber waren. Ihr Vater aber wollte sie nicht auswechseln, weil sie schon seit je in seinem Haus beschäftigt waren, und daraus könnt ihr die konservative Haltung jener gesellschaftlichen Aufsteiger ersehen. Um es kurz zu machen (denn ich beschränke mich lediglich auf das Wesentliche, Mr. Thomas), sie waren also mitten in ihrer Mahlzeit, und die Unterhaltung wurde nach und nach lockerer, vertrauter, ja Mary war nahe daran, gar nicht mehr an den Vater zu denken, als die Haustür mit einem schmetternden Krach aufflog und Mr. Phillips den Gang hereintorkelte, voll wie eine Haubitze. Die Eßzimmertür stand halb offen, und so konnten die beiden alles mitansehn. Ich will gar nicht erst versuchen zu beschreiben, was alles Mary durch Kopf und Gemüt ging, als ihr Vater mit lallender Stimme dort draußen herumtorkelte. Er war ein Mordsmannsbild – das hab' ich vorhin vergessen zu erwähnen –, einsdreiundachtzig bei zweihundertdreißig Pfund.

›Rasch, rasch, unter den Tisch‹, hauchte Mary beschwörend, zog Marcus an der Hand, und beide krochen unter den Tisch. Welche Bestürzung Marcus dabei empfand, können wir uns nur vorstellen.

Mr. Phillips trat ins Zimmer, erblickte niemanden, setzte sich an den Tisch und aß auf, was von der Mahlzeit noch übrig war. Er leckte beide Teller sauber, und unterm Tisch hörten die beiden ihn fluchen, schlürfen und schmatzen. Und jedesmal, wenn Marcus unruhig wurde, raunte Mary: ›Schscht!‹

Als alles aufgefressen war, wankte Mr. Phillips aus dem Zimmer. Die beiden sahen nur seine Beine. Danach brachte er's irgendwie zuwege, die Treppe zu erklimmen, wobei er Dinge verlauten ließ, welche Mary unterm Tisch erschaudern machten – lauter viersilbige Wörter.«

»Dreimal dürft ihr raten«, sagte Mr. Roberts.

»Und sie hörten ihn, wie er ins Schlafzimmer wankte. Dann krochen sie aus ihrem Versteck hervor und setzten sich wieder vor ihre jetzt leeren Teller.

›Ich weiß gar nicht, wie ich mich entschuldigen soll, Mr. David‹, sagte sie, und sie war dem Weinen nahe.

›Das hat nichts weiter auf sich‹, sagte er, zugänglich in jeder Hinsicht wie er nun einmal war. ›Er ist eben auf dem Markt in Carmarthen gewesen. Nur-Tee-Trinker sind mir geradeso zuwider!‹

›Das Trinken macht die Menschen zu unzurechnungsfähigen Bestien‹, sagte sie.

Er meinte, da brauche sie sich weiter keine Gedanken zu machen, und daß es auch für ihn erledigt sei, und sie bot ihm von ihrem Obst an.

›Was werden Sie jetzt von uns denken, Mr. David? Ich hab' ihn bisher noch nie in solchem Zustand gesehen!‹

Nun, die kleine Begebenheit brachte sie einander näher, und nicht lange, so lächelten sie einander zu, und Marys verletzter

Stolz war schon fast wieder hergestellt, als Mr. Phillips plötzlich die Schlafzimmertür aufstieß, die Treppe mit all seinen zweihundertdreißig Pfund herunterpolterte und das ganze Haus zum Erzittern brachte.

›Schauen Sie, daß Sie wegkommen!‹ rief Mary ihrem Gast gedämpft zu, ›ich bitte Sie, machen Sie, daß Sie weg sind bevor er hereinkommt!‹

Aber dazu war keine Zeit mehr. Mr. Phillips stand splitterfasernackt im Gang.

Sie zerrte Marcus wieder unter den Tisch und hielt sich die Augen zu, um den Vater nicht ansehen zu müssen. Dabei hörte sie ihn den Schirmständer umständlich nach einem Schirm durchsuchen und wußte genau, was er vorhatte. Er war im Begriff, nach draußen zu gehen, um einem natürlichen Bedürfnis nachzugeben. ›Ach du lieber Gott‹, flehte sie innerlich, ›laß ihn einen Schirm finden und nach draußen verschwinden! Nur nicht auf dem Gang, nicht auf dem Gang!‹ Dann hörten sie ihn nach dem Schirm brüllen. Sie nahm die Hände von den Augen und sah, wie er sich an die Außentür hängte. Er riß sie aus den Angeln, hielt sie sich als Schirm über den Kopf und torkelte so ins Dunkel.

›Schnell jetzt, bitte, machen Sie schnell!‹ raunte Mary. ›Verlassen Sie mich jetzt, Mr. David!‹ Sie trieb ihn unterm Tisch hervor. ›Bitte, bitte, gehen Sie jetzt!‹ rief sie. ›Wir werden einander nie mehr wiedersehen! Überlassen Sie mich meiner Schande!‹ Dann fing sie an zu weinen, und er machte, daß er aus dem Haus kam. Sie aber blieb die ganze Nacht unterm Tisch.«

»Sind Sie jetzt fertig?« fragte Mr. Roberts. »Ein herzbewegender Vorfall, Emlyn. Wie sind Sie dazu gekommen?«

»Wie, soll das schon alles sein?« fragte Mr. Humphries. »Wir wissen ja noch gar nicht, auf welche Weise Mary Phillips ins ›Bellevue‹ gekommen ist. Vorläufig kauert sie noch immer unter einem Tisch in Carmarthenshire.«

»Ich glaube, Marcus ist ein Bursche, an dem nicht viel dran ist«, sagte Mr. Thomas. »Ich zumindest würde ein Mädchen nie auf solche Weise im Stich lassen – oder Sie vielleicht, Mr. Humphries?«

»Unter einem Tisch – aber ja doch! Dieses Detail gefällt mir. Das ist 'ne Position! In jenen Tagen«, sagte Mr. Roberts, »lagen die Dinge anders als heute. Dieser kleinkarierte Puritanismus gehört erst heutzutage der Vergangenheit an. Stellen Sie sich Mr. Evans vor, wie er unterm Tisch hockt! Aber was geschah dann? Ist das Mädchen an Krämpfen gestorben?«

Mr. Evans wandte sich vom Feuer und blickte den Sprecher mißbilligend an. »Wie leichtfertig immer Sie daherreden mögen, die Tatsache bleibt doch bestehen, daß ein Vorfall der geschilderten Art von nachhaltigem Einfluß auf ein stolzes, empfindsames Geschöpf wie Mary bleiben mußte. Nicht, daß ich ihre Empfindlichkeit hier verteidigen möchte, die ganze Grundlage ihres Stolzes ist aus der Mode gekommen. Wir sitzen hier nicht über Gesellschaftssysteme zu Gericht, Mr. Roberts! Ich erzähle lediglich eine wahre Begebenheit. Die gesellschaftlichen Folgerungen gehen uns in diesem Zusammenhang nichts an.«

»Gut, ich bleibe bei der Sache, Mr. Evans.«

»Was ist dann weiter mit Mary passiert?«

»Reizen Sie ihn nicht, Mr. Thomas, sonst beißt er Ihnen noch den Kopf ab!«

Mr. Evans verließ den Raum, um weiteren Pastinakenwein zu holen. Beim Zurückkommen sagte er: »Was dann mit ihr passiert ist? Oh! Mary hat ihren Vater verlassen, versteht sich! Sie sagte, sie könne ihm nimmermehr vergeben, und sie tat's auch nicht. Sie ging aus dem Haus, um bei ihrem Onkel in Cardiganshire zu wohnen, einem gewissen Dr. Emyr Lloyd. Auch er war Friedensrichter, und verbunden damit – er war schließlich Fünfundsiebzig, dürfen wir nicht vergessen – waren eine große Praxis und viele einflußreiche Freunde. Einer der ältesten war John William Hughes – in Wirklichkeit hieß er anders –, der Londoner Tuchhändler, der gleich nebenan ein Landhaus besaß. Ihr wißt doch, was der große Caradoc Evans sagt? Die Cardies kehren stets nach Wales zurück,

wenn's ans Sterben geht und sie die Cockneys weidlich ausgenommen und ihren Schnitt gemacht haben.
Und der einzige Sohn, Henry William Hughes, ein guterzogener junger Mann, verliebte sich auf den ersten Blick in Mary, und die dachte nicht länger an Marcus und die Schande unterm Tisch und verliebte sich ihrerseits in ihn. Na, jetzt schaut nicht so betreten drein, bevor ich recht angefangen habe, denn es wird schon keine Liebesgeschichte daraus! Sie faßten den Entschluß zu heiraten, und John William Hughes gab seinen Segen, denn Marys Onkel war einer der höchstrespektierten Männer in der Gegend, und ihr Vater hatte Geld, das nach seinem Tode an sie fallen würde, und er trug ja sein Möglichstes dazu bei.
Es sollte eine stille Hochzeit in London werden. Alles war vorbereitet. Mr. Phillips war nicht eingeladen. Mary hatte ihre Ausstattung beisammen. Dr. Lloyd war bereit, sie dem Bräutigam zu übergeben. Beatrice und Betti William Hughes waren Brautjungfern. Mary reiste mit Beatrice und Betti nach London und war Gast bei einer Cousine, Henry William Hughes wohnte in der Wohnung überm Geschäft seines Vaters, und am Tag vor der Hochzeit kam auch Dr. Lloyd vom Lande, besuchte Mary zum Tee und dinierte mit John William Hughes. Auch ich frage mich, wer das alles bezahlt hat. Danach fuhr Dr. Lloyd in sein Hotel zurück. Ich erzähl' euch diese trivialen Details, damit ihr seht, wie ordentlich und normal alles vor sich ging. Wir haben jetzt alle handelnden Personen beisammen, wohlbehalten und in Sicherheit.
Anderntags, kurz vor Beginn der Zeremonie, warteten Mary und ihre Cousine, deren Name und Charakter hier nichts zur Sache tun, sowie die beiden Schwestern, jede häßlich und um die Dreißig, ungeduldig auf das Eintreffen von Dr. Lloyd. Die Minuten verstrichen, Mary war schon in Tränen aufgelöst, die Schwestern schmollten, die Cousine stand allen im Wege herum, aber der Doktor wollte und wollte nicht kommen. Die Cousine rief im Hotel an, doch man teilte ihr mit, der Doktor habe dort nicht übernachtet. Ja, ja, der Mann am

Empfangspult wußte, daß der Doktor anläßlich einer Hochzeit hier abgestiegen sei. Nein, sein Bett sei unberührt. Vielleicht, so meinte der Angestellte, warte der Gesuchte schon vor der Kirche.
Der Taxameter unten lief und lief, und das beunruhigte Beatrice und Betti, und so stiegen die Schwestern und Mary samt Cousine ein und fuhren zur Kirche. Dort hatte sich schon die übliche Menge Schaulustiger zusammengerottet. Die Cousine steckte den Kopf aus dem Taxifenster und bat einen Polizisten, er mög' einen Kirchenvorsteher herbeirufen, und der Vorsteher sagte, daß Dr. Lloyd noch nicht erschienen sei und daß auch der Bräutigam und der Brautführer seiner harrten. Ihr könnt euch Mary Phillips' Gefühle vorstellen, als sie am Kirchentor einen Tumult bemerkte und dann sah, wie ein Polizist ihren Vater herausführte. Mr. Phillips hatte die Taschen voll Flaschen, und auf welche Weise er in die Kirche gekommen war, noch dazu in die vorderste Reihe, wußte niemand zu sagen.«
»Das ist wohl der Gipfel«, meinte Mr. Roberts. »Das hat grade noch gefehlt!«
»Beatrice und Betti sagten zu Mary: ›Wein doch nicht so, der Polizist schafft ihn schon hinaus. Schau, jetzt ist er in den Rinnstein gefallen! So ein Eklat! Aber mach dir nichts draus, das alles haben wir bald überstanden! Und dann bist du Mrs. Henry William Hughes.‹ Allesamt waren sie bemüht, ihr Bestes zu tun.
›Du kannst auch ohne den Dr. Lloyd heiraten‹, sagte die Cousine und sie lächelte unter Tränen – es war ja allen zum Heulen –, und genau in diesem Moment tauchte ein zweiter Polizist auf . . .«
»Ein zweiter!« rief Mr. Roberts.
». . . drängte sich durch die Menge und erklomm die Stufen zur Kirchentür, wo er eine Nachricht überbrachte. John William Hughes und Henry William Hughes und der Brautführer kamen heraus und redeten alle auf den Polizisten ein, gestikulierten heftig und wiesen auf das Taxi mit Mary und den

Brautjungfern und der Cousine, die ja noch immer drinsaßen. John William Hughes bahnte sich den Weg durch die Menge zum Taxi hinunter und rief durchs Fenster: ›Dr. Lloyd ist tot! Wir müssen die Hochzeit vorläufig absagen!‹
Henry William Hughes kam gleich hinterdrein, riß die Taxitür auf und sagte: ›Sie müssen nach Hause fahren, Mary! Wir anderen müssen zum Kommissariat.‹
›Und zur Leichenhalle‹, ergänzte sein Vater.
So fuhr das Taxi mit der Braut-in-spe nach Hause, und die Schwestern heulten den ganzen Weg über noch ärger als Mary.
»Das ist ein trauriger Schluß«, sagte Mr. Roberts anerkennend. Er goß sich das Glas aufs neue voll.
»Es ist noch gar nicht der Schluß«, sagte Mr. Evans, »denn die Hochzeit war nicht nur aufgeschoben. Sie kam gar nicht mehr zustande.«
»Aber weshalb denn nur?« fragte Mr. Humphries, der der Geschichte mit ernster Miene zugehört hatte, sogar als Mr. Phillips in den Rinnstein gefallen war. »Weshalb sollte des Doktors Tod alles annulliert haben? Sie hätte ja jemand anderen finden können, sie dem Bräutigam zu übergeben. Ich selber hätte es getan!«
»Es lag nicht eigentlich am Tod des Doktors, sondern mehr am Drum und Dran dieses Todes«, sagte Mr. Evans. »Der Doktor starb nämlich im Bett eines Wohnschlafzimmers in den Armen einer gewissen Dame – einer stadtbekannten Dame.«
»Himmel!« sagte Mr. Roberts. »Und das mit Fünfundsiebzig! Gut, daß sie uns ausdrücklich auf sein Alter hingewiesen haben, Mr. Evans!«
»Aber wie ist Mary Phillips dazugekommen, im ›Bellevue‹ zu wohnen? Das haben Sie uns noch immer nicht gesagt«, beharrte Mr. Thomas.
»Die William Hughes wollten die Nichte eines Mannes, der unter solchen Begleitumständen gestorben war . . .«
»Wenngleich unter recht schmeichelhaften für seine Männlichkeit«, stotterte Mr. Humphries.

». . . nicht in ihre Familie einheiraten lassen, und so ging Mary zu ihrem Vater zurück, und er besserte sich buchstäblich über Nacht – oh, sie hatte damals vielleicht eine Wut auf ihn –, und eines Tages lief ihr ein Getreide- und Schweinefutterhändler über den Weg, und den heiratete sie vom Fleck weg aus lauter Trotz. Die beiden zogen dann ins ›Bellevue‹, und als Mr. Phillips starb, hinterließ er sein Geld der Kirche, so daß Mary schließlich gar nichts bekam.«
»Und auch ihr Mann ging leer aus. In was hat er gemacht, sagten Sie?« fragte Mr. Roberts.
»In Getreide und Schweinefutter.«
Danach las Mr. Humphries seine Biographie vor, die lang war und traurig und sich im Detail verlor. Und Mr. Roberts erzählte eine Geschichte aus dem Elendsviertel, die aber in das Buch nicht aufgenommen werden konnte.
Dann blickte Mr. Evans nach seiner Uhr. »Schon Mitternacht! Heute nicht länger, das hab' ich Maud versprochen! Wo ist der Kater? Den muß ich noch hinauswerfen, er bekleckert sonst die Kissen. – Sambo! Sambo!«
»Da ist er ja, Mr. Evans, unterm Tisch!«
»Wie die arme Mary«, sagte Mr. Roberts.
Mr. Humphries, Mr. Roberts und der junge Mr. Thomas holten die Mäntel und Hüte vom Geländer.
»Weißt du, wie spät es schon ist, Emlyn?« rief Mrs. Evans von oben herunter.
Mr. Roberts machte die Tür auf und hastete hinaus.
»Ich bin schon unterwegs, Maud, ich sag' bloß noch Gutenacht. Gute Nacht!« sagte Mr. Evans mit lauter Stimme. »Und nächsten Freitag, punkt Neun«, raunte er noch. »Ich werd' meine Geschichte noch ausfeilen. Dann beenden wir das zweite Kapitel und machen uns ans dritte. Gute Nacht, Genossen!«
»Emlyn! Emlyn!« rief Mrs. Evans.
»Gute Nacht, Mary«, sagte Mr. Roberts zur geschlossenen Tür.
Die drei Freunde schritten die Auffahrt hinunter.

Wer, möchtest du, sollte jetzt bei uns sein?

Die Vögel sangen in den Baumkronen der Crescent. Kleine Buben auf Fahrrädern klingelten und traten die sanfte Kurve hinunter in die Pedale, um mit dem Surren der Radspeichen die Frauen aufzuscheuchen, die schwatzend auf den sonnenhellen Türstufen standen. Kleine Mädchen schoben ihre jüngeren Geschwister in Kinderwagen über die Gehsteige, sie hatten ihre besten Sommersachen an und trugen bunte Bänder; auf der Rundschaukel des öffentlichen Spielplatzes drehten die ABC-Schützen sich fröhlich und mit üblem Magen und riefen: »Schaukel uns! Schaukel uns!«, und »Ooh, ich falle, ich fall'!«; der Morgen war so farbenprächtig und strahlend als feierte man einen internationalen Festtag oder ein Jubiläum, als Raymond Price und ich, in Flanellhosen und ohne Hut, mit Stock und Rucksack, uns auf den Weg machten, um hinaus zum Worm's Head zu wandern. Im Gleichschritt ging es dahin durch die rechtwinkeligen, höhergelegenen Wohnviertel, wir streiften im Vorbeigehen junge Männer mit messerscharf gebügelten weißen Hosen und offenen Blazern, hockeybeinige Mädchen mit Handtüchern um den Hals und mit Sonnenbrillen aus Zelluloid, schlugen mit unseren Stöcken auf einen Briefkasten und drängten uns mitten durch die Menge der Tagesausflügler, die auf die Gowerbound-Busse warteten, stiegen dabei über Picknickkörbe und machten uns nichts daraus, auch mal in einen hineinzutreten.

»Warum können diese Buswanzen nicht zu Fuß gehen?« fragte Ray.

»Die sind schon müde von Beruf auf die Welt gekommen«, sagte ich.

Wir schritten weiter, die Sketty Road hinauf, immer in zügigem Tempo, und die Rucksäcke wippten im Takt auf dem Rücken. Wir ließen unsre Stöcke über jedes Türgitter rasseln, um den Leuten in ihren stickigen Behausungen einen aufscheuchenden Wandersegen zu erteilen. Wie der frische Wind fegten wir an einem Beamtentyp in Nadelstreif-Anzug vorbei, der, eine Hundeleine in der Hand, an einer Ecke stand und pfiff. Wir schüttelten den Lärm und den Gestank der Stadt ab mit unsern schwingenden Schultern und lockeren Schritten und hörten, schon auf halber Höhe der Straße angelangt, ein paar Ausflüglerinnen »Mutt und Jeff!« vom Wagen rufen, denn Ray war groß und schlank und ich war klein. Wimpel flatterten an dem Ausflugswagen. Ray, der mächtig aus seiner Bulldogpfeife dampfte, schritt zu schnell aus, als daß er hätte winken können, ja er brachte es nicht einmal zu einem Lächeln. Ich fragte mich, wer mir da wohl entgangen sein mochte unter jenen winkenden Weibern, die da johlend über der Anhöhe verschwunden waren. Vielleicht war meine künftige Liebste mit einer Papiermütze ganz hinten im Ausflugswagen gesessen, gleich überm Auspfuff? Aber sobald wir die uns vertrauteren Straßen verlassen hatten und zur Küste hinunterbogen, dachte ich nicht länger an ihr Gesicht und ihre Stimme, beides Gespinste der Nacht, und atmete die Landluft in tiefen Zügen.

»Das ist eine andere Luft hier! Die kannst du atmen. Sie ist wie das Land selber«, meinte Ray, »und noch dazu mit ein wenig Beigeschmack vom Meer. Atme mal tief durch: das holt dir das Nikotin aus den Lungen!«

Er spuckte sich in die Hand. »Noch immer ganz grau von der Stadt«, sagte er.

Dann schlürfte er die Spucke wieder ein, und wir schritten hocherhobnen Hauptes weiter.

Wir waren jetzt drei Meilen außerhalb der Stadt. Die Doppelhäuser, jedes mit blechgedeckter Garage und einer Hundehütte auf dem hinteren Grundstück, jedes mit gemähtem Rasen und bisweilen mit einer Kokosnuß, für die Vögel an eine Stange gehängt, oder mit einem Vogelbad oder einem pfauenhaften Strauch, wurden immer seltener, als wir uns der Gemeindegrenze näherten.

Ray blieb stehen, seufzte tief auf und sagte: »Wart ein bißchen, ich möcht' mir nur mal schnell die Pfeife stopfen!« Dann hielt er schützend die Hand übers Streichholz, als hätten wir schweren Sturm.

Mit erhitzten Gesichtern und schweißnasser Stirn grinsten wir einander an. Schon hatte uns der Tag einander nähergebracht wie Schulschwänzer; wir rannten vor etwas davon, den Kopf voll dummer Streiche, rannten voll Arroganz hinweg aus den Straßen, die uns dem unvorhersagbaren Land auslieferten. Ich glaubte ja, es sei uns nicht bestimmt, im Sonnenlicht zu wandern ohne von Schaufensterscheiben geblendet zu werden, oder den Gesang der Vögel zu vernehmen, ungestört vom Lärm der Rasenmäher. Ein Spritzer Vogelkot fiel auf einen Zaun: es war, als hätt' man der Stadt ins Auge geschlagen. Ein nicht sichtbares Schaf blökte »Bääh!«, und das kündigte uns die Uplands an. Ich hatte keine Ahnung, was wir dort sehen würden. »Ein Paar Wanderer im Wilden Wales«, sagte Ray augenzwinkernd, und ein Lastwagen, beladen mit Zement, fuhr an uns vorbei in Richtung der Golfanlagen. Ray versetzte mir einen Schlag auf den Rucksack und straffte die Schultern. »Los, weiter! Nur keine Müdigkeit vorgeschützt!« Und schneller als bisher schritten wir den Hügel hinan.

Eine Gruppe Radler hatte sich den Hang hinaufgequält und schlürfte nun ihre Erfrischungsgetränke aus Papierbechern. Ich sah die leeren Flaschen in einem Gebüsch. Die Burschen trugen Trikots und Shorts, die Mädchen offene Krickethemden und lange, graue Knabenhosen, die unten mit Sicherheitsnadeln statt Klipsen enger gesteckt waren.

»Da hinten wär' noch Platz für einen, Kleiner!« rief mir ein Mädchen vom Tandem herüber.

»›. . . nur hätte unsre Heirat keinen Stil auf so 'nem Zweirad‹!« rief Ray zurück.

»Das war schlagfertig«, sagte ich zu Ray, sobald wir uns von der Gruppe entfernt hatten und die Burschen zu singen anfingen.

»Himmel, das gefällt mir!« sagte Ray. Auf der ersten Anhöhe

der staubigen Straße, wo Heidekrautfelder sich vor uns breiteten, beschattete er die Augen und blickte ringsum ins Land, rauchte dazu wie ein Schlot und wies mit seinem irischen Stock auf die fernen Baumgruppen, zwischen denen die See hervorblinkte. »Dort unten liegt Oxwich, aber man kann's noch nicht sehen. Es ist ein Gehöft. Siehst du das Dach? Nein, nicht dort, folg meinem Finger! So was nenn' ich Leben!« sagte er.

Seite an Seite, mit den Füßen nach den niedrigen Sandhügeln stoßend, marschierten wir mitten auf der Straße abwärts, und Ray bemerkte einen flüchtenden Hasen. »Man möcht' nicht glauben, daß die Stadt so nahe ist. Die reine Wildnis!«

Wir machten die Vögel aus, deren Namen wir wußten, und den anderen gaben wir selbsterfundene. Ich sah Möwen und Krähen, vielleicht waren es auch Raben, und Ray sagte, als wir vor uns hinsummend weitereilten, daß über uns auch Drosseln und Schwalben und Feldlerchen flögen.

Er blieb stehen, um ein paar Grashalme auszureißen. »Strohhalme wenn es wären«, sagte er und steckte sie neben seine Pfeife in den Mund. »Herrgott, wie blau der Himmel ist! Denk an mich in der Great Western Railway, wenn all das ringsum sich vor dir auftut: Hasen und Felder und Gehöfte! Wenn du mich jetzt so anschaust, möchtest du gar nicht glauben, was ich schon alles hinter mir habe. Alles könnt' ich machen – Kühe treiben, ein Feld pflügen –, einfach alles!«

Sein Vater, seine Schwester, sein Bruder waren gestorben, und seine Mutter, arthritisch verkrüppelt wie sie war, kam aus dem Rollstuhl nicht mehr heraus. Ray war zehn Jahre älter als ich. Sein Gesicht war gezeichnet und knochig, mit hartem, etwas schiefem Mund. Die Oberlippe hielt er eingekniffen, man sah sie eigentlich gar nicht.

Allein auf der endlosen Straße, wo das Land im Hitzedunst auf beiden Seiten in der Ferne verschwamm, schritten wir aus unter der Nachmittagssonne, mehr und mehr von Durst und Schläfrigkeit befallen, doch ohne das Tempo zu verlangsamen. Bald danach überholte uns die Radlergruppe, drei Burschen und drei Mädchen, und dann noch das eine Mädchen auf dem Tandem. Alle lachten und schrillten mit ihren Klingeln.

»Wie geht's auf Schusters Rappen?«

»Wir treffen uns auf dem Rückweg!«

»Und noch immer werdet ihr zu Fuß latschen!«

»Wie auf Krücken?« riefen sie.

Dann waren sie weg. Die Staubwolke setzte sich nach und nach. Nur mehr ganz schwach tönte das Geklingel durch den Wald beiderseits der vor uns liegenden Straße. Die unbebaute Gemeindelandschaft, etwas mehr als sechs Meilen außerhalb der Stadt, lag nun hinter uns. Kein Mensch war zu sehen, und wir lehnten uns im Wald gegen einen Baumstamm, rauchten und pafften nach Kräften, um uns die Mücken vom Hals zu halten, und redeten wie Männer am Rand einer niebetretenen Wildnis, die seit Jahren keinen Menschen zu Gesicht bekommen haben.

»Kannst du dich noch an Locken-Parry erinnern?«

Ich hatte ihn erst vor zwei Tagen gesehen, im Billardzimmer, aber sein Grübchengesicht verschwamm mir sogar als ich ernstlich versuchte, ihn mir vorzustellen – verschwamm in den Farben unserer Wanderung, im aschenen Weiß der Straße, im Heidekraut, im Grün und im Blau der Felder und der Stücke Meers, und die Erinnerung an seine alberne Stimme verlor sich im Vogelgezwitscher und dem in der Flaute so unerklärlichen Flüstern des Laubs.

»Was der jetzt wohl macht? Er sollte mehr ins Freie gehen, er ist ein echter Stadtjunge. Schau uns dagegen an!« Ray schwenkte seine Pfeife gegen die Bäume und den laubigen Himmel. »Nimmermehr möcht' ich das gegen die High Street eintauschen!«

Ich betrachtete uns beide: ein Knabe und ein junger Mann, mit Gesichtern, die unterm ungewohnten Sonnenlicht bleich waren von der schrecklichen Stadt. Außer Atem waren wir, die Füße brannten uns, wie wir da Rast machten am frühen Nachmittag an einer Straße durch einen ganz gewöhnlichen

Wald, und ich konnte das ungewohnte Glück in Rays Augen und die undenkbare Freundschaft in den meinen sehen und auch, daß Ray protestierte gegen seinen Werdegang, so oft er über die Landschaft staunte oder auf sie hinwies, und ich fühlte mehr Liebe in mir, als ich je hätte wünschen oder geben können.

»Ja, gut sehn wir aus«, sagte ich, »wie wir da die Zeit vertrödeln! Bis zu Worm's Head sind's noch zwölf Meilen! Möchtest du jetzt eine Straßenbahn hören Ray? Eine Wildtaube, schau! Die Zeitungsjungen sind jetzt schon auf der Straße mit den letzten Sportberichten: ›Sportausgabee! Sportausgabee!‹ Wetten, Locken-Parry scheffelt jetzt seine Kupferpennies. Also komm schon!«

Und weiter ging's die Straße hinauf, und hinaus aus dem Wald, und ein Zweideck-Bus dröhnte hinter uns heran.

»Da kommt der Rhossilli-Bus«, sagte ich.

Beide hielten wir die Stöcke hoch, um ihn zu stoppen.

»Warum hast du den Bus angehalten?« fragte Ray, als wir auf dem Oberdeck saßen. »Wir wollten doch einen Fußmarsch machen.«

»Du hast ihn ja auch angehalten.«

Wir saßen auf den Vordersitzen, zwei zusätzliche Fahrer.

»Kannst du nicht auf die Querfurchen aufpassen?« fragte ich.

»Du hältst ihn ja nicht in der Spur«, sagte Ray.

Wir schnürten die Rucksäcke auf, teilten die belegten Brote, die hartgekochten Eier, den Fleischaufstrich, und tranken abwechselnd aus der Thermosflasche.

»Wenn wir heimkommen, sag ja nicht, daß wir den Bus genommen haben«, sagte ich. »Tu so, als wären wir den ganzen Tag marschiert! Da drüben bleibt Oxwich zurück! Schaut gar nicht so weit aus, wie? Zu Fuß wär' uns der Bart gewachsen!«

Der Bus überholte die Radler, die sich eine Steigung hinaufquälten. »Schlepptau gefällig?« schrie ich ihnen zu, aber sie konnten's nicht hören. Das Mädchen auf dem Tandem war weit hinter den anderen zurückgeblieben.

Wir saßen da, unsern Imbiß auf den Schenkeln, vergaßen das

Steuern des Wagens, ließen den Fahrer in seinem Verschlag unter uns nach Belieben die Serpentinenstraße hinunterkurven und blickten auf Kapellen aus grauem Stein und verwitterte Engelfiguren. Am Fuß des Höhenzuges, der am weitesten vom Meer entfernt war, standen hübsche, rosafarbene Behausungen – entsetzlich, dachte ich, dort wohnen zu müssen: denn Gras und Bäume würden mich mehr umzingeln als jeder Dschungel von verstopften, bevölkerten Straßen und kaminüberwucherten Dächern – und Tankstellen und Heuschober, und da saß auch ein Mann auf seinem Karrenpferd, das stocksteif in einem Dränier-Graben stand, von Fliegen umschwärmt.

»So kann man das Land kennenlernen!«

Auf einem schmalen Hügel entließ der Bus zwei Rucksacktouristen, die dem schützenden Schatten einer Hecke zustrebten, wo sie die Arme streckten und die Bäuche einzogen.

»Das hätten genauso gut wir sein können.«

Satt und zufrieden blickten wir auf die Männer an der Hecke zurück. Sie stiegen jetzt zur Straße hinauf, bewegten sich weiter, so langsam wie Schnecken, und wurden kleiner und kleiner.

An der Einmündung nach Rhossilli zogen wir die Fahrerklingel, der Bus hielt an, und wir bewegten uns federnden Schrittes die paar hundert Meter auf das Dörfchen zu.

»Recht gute Zeit, in der wir's geschafft haben«, meinte Ray.

»Rekordzeit sogar«, sagte ich.

Lachend erreichten wir die Klippe über dem langen goldenen Strand und zeigten einander, ganz als ob der andere blind wäre, den mächtigen Felsen von Worm's Head. Es war Ebbe, das Meer war weit draußen. Wir balancierten über schlüpfrige Steine und standen schließlich triumphierend auf der windigen Höhe. Das Gras war hier oben sehr hoch und dicht, so daß wir uns nur in hohen Sprüngen fortbewegen konnten, und wir stürzten uns lachend hinein und scheuchten die Schafe, die die zerschluchteten Abhänge wie Ziegen hinauf- und hinuntersprangen. Sogar an diesem absolut windstillen

Tag strich eine Brise den ›Worm‹ entlang. Am Ende des Höhenrückens, der sich gleich einer Schlange seewärts wand, klagten mehr Möwen, als ich je zuvor gesehen hatte, über ihre jüngsten Toten auf dem uralten Vogelmist. Oben, auf dem höchsten Punkt des Felsens, wurde sogar mein leiser Ruf zum hallenden Schrei, als hätte ringsum der Wind eine riesige Muschel, ja Grotte geformt mit blauem, nicht fühlbarem Dach und Gewände, so hoch und so weit wie das ganze Himmelsgewölbe, und das Flattern der Möwen hörte sich an wie Donnern. Ich stand da, die Beine gespreizt, die eine Hand in die Hüfte gestemmt, mit der andern die Augen beschattend wie Sir Walter Raleigh auf manchen Bildern, und fühlte mich allein – allein wie im Zustand des Fallens in einem Alptraum, wenn die Beine lang und länger werden und in die Nacht hinauswachsen, und wenn das Herz wie ein Hammer schlägt, der die Nachbarn aus ihrem Schlaf weckt, und der Atem anwächst zum Orkan inmitten des sich ausdehnenden Zimmers. Anstatt klein zu werden auf dem großen Fels, in Schwebe gehalten zwischen Himmel und Meer, fühlte ich mich so groß wie ein Bau voller Leben, und einzig Ray auf der Welt war imstande, meinen schönheitstrunkenen Aufschrei zu deuten, als es aus mir brach: »Warum nicht allezeit hier leben? Immer und ewig! Ein verdammtes Haus hier bauen und ein verdammtes, königliches Leben leben!« Gellend hallte der Satz durch das Vogelgekreisch, und die Vögel trugen ihn fort und hinüber zum Festland im knatternden Schlag ihrer Schwingen. Wie ein Turm hielt sich Ray am äußersten Rand eines anderen Riffes und fuchtelte in der Luft mit seinem Stock, der sich schon im nächsten Moment zur Schlange oder zum Flammenschwert wandeln konnte. Und wir ließen uns fallen ins elastische, möwenverkotete Gras, auf vom Schafmist gesprenkelte Steine, auf Vogelgebeine und Federn, und krochen ans äußerste Ende des Vorkaps. Und blieben so lange reglos dort liegen, bis die grauschmutzigen Möwen zu kreischen aufhörten und sich niederließen direkt neben uns.

Dann aßen wir unsere Vorräte auf.
»Hier ist es ganz anders als überall sonst«, sagte ich. Fast hatte ich mein Maß wiedergefunden – fünf Fuß und fünf Zoll, knapp 55 Kilo, und auch meine Stimme reichte nicht mehr in die Weiten des Himmels. »Ist's hier nicht wie mitten auf dem Meer, und kommt's dir nicht auch so vor, als ob sich der ›Worm‹ bewegte? Dirigier ihn nach Irland, Ray! Wir werden William Butler Yeats besuchen, und du kannst den Blarney mit den Lippen berühren. Und in Belfast werden wir kämpfen.«
Ray starrte vom Felsrand in die Ferne. Er entspannte sich nicht, rekelte sich nicht in der Sonne, wälzte sich nicht auf die Seite, um den Steilhang hinunterzuspähen ins Meer – nein, er hielt sich aufrecht wie auf einem Holzstuhl und rührte keinen Finger. Er wartete, daß der Tag wieder ins Gleichgewicht, daß der ›Head‹ wieder zu begehbaren Pfaden käme, ja, daß Geländer plötzlich aufschössen an den zerklüfteten Kanten.
»Es ist zu wild hier für einen Stadtmenschen«, sagte ich.
»Selber Stadtmensch! Wer hat den Bus angehalten?«
»Bist du nicht froh, daß wir's getan haben? Sonst wären wir noch immer auf dem Marsch, ganz wie Felix. Du tust nur so, als ob dir die Gegend nicht zusagte. Am äußersten Rand bist du herumgetanzt.«
»Nur für ein paar Sprünge.«
»Ich weiß schon, dir paßt die Einrichtung nicht: dir fehlt es an Sofas und Stühlen«, sagte ich.
»Hältst dich wohl für einen echten Landjungen, und kannst keine Kuh von einem Pferd unterscheiden.«
Wir fingen an, uns zu zanken, und bald fühlte sich Ray wieder nach Hause versetzt und er achtete nicht länger auf die Monotonie der freien Gegend. Er hätte nicht einmal bemerkt, wenn's plötzlich geschneit hätte. Er zog sich in sich zurück, und der Felsen wurde für ihn so düster wie ein Haus mit heruntergezogenen Rolläden. Die himmelhohen Gestalten, die getanzt und den Vögeln zugeschrien hatten, duckten sich

nun zusammen, um sich zu verstecken – zwei kleine murrende Städter in einer Grube.

Ich merkte, was sich vorbereitete, an der Art, wie Ray den Kopf einzog und die Schultern hob, so daß er plötzlich keinen Hals mehr zu haben schien, und wie er den Atem durch die Zähne sog. Er starrte auf seine staubigweißen Schuhe, und ich wußte, zu was sie sich formten in seinem Kopf: zu den Füßen eines im Bett liegenden Toten, und er war drauf und dran, von seinem Bruder zu sprechen. Manchmal, wenn wir gegen den Zaun gelehnt standen und den Fußballern zusahen, ertappte ich ihn, wie er auf seine hagere Hand starrte: dann stellte er sie sich immer dünner und hagerer vor, entfleischte sie gänzlich und hatte plötzlich Harrys Hand vor Augen, deren Knochen schon durch die hauchzarte Haut schimmerten. Immer wenn er auch nur für einen Augenblick den Kontakt zur realen Umwelt verlor, und ich ihn sich selbst überließ – immer wenn er den Blick niederschlug, wenn seine Hand sich löste von der greifbaren Wirklichkeit des Zauns oder der Hitze des Pfeifenkopfs, weilte er schon wieder in grauenvollen Schlafzimmern, schleppte Tücher und Waschschüsseln und lauschte auf das Schellen von Handglocken.

»Hab' noch nie so massenhaft Möwen gesehn«, sagte ich. »Hast du jemals so viele auf einmal zu Gesicht bekommen? Eine Luft voller Möwen! Probier mal, sie zu zählen! Da oben sind sich zwei in die Federn geraten: schau, wie sie aufeinander einhacken wie Hühner im Himmel! Wieviel setzt du auf den Sieg der größeren? Alter Dreckschnabel! Möchte nicht im Bauch haben, was die gefressen hat, 'nen Fetzen Schaffleisch und 'ne krepierte Möwe.« Und schon verfluchte ich mich, das Wort ›krepiert‹ ausgesprochen zu haben. »War's nicht lustig heut' morgen in der Stadt?« fragte ich.

Ray starrte auf seine Hand. Jetzt war er nicht mehr zu halten. »War's nicht lustig heut' morgen in der Stadt! Jedermann lachend und gutgelaunt in seinen Sommersachen. Und die Kinder haben gespielt, und alle Leute waren zufrieden und gut aufgelegt! Nur die Musikkapelle hat noch gefehlt! Wenn mein Vater seine Anfälle hatte, hab' ich ihn immer aufs Bett niedergehalten. Und meinem Bruder hab' ich zweimal täglich die Bettwäsche wechseln müssen, und alles voll Blut. Zugesehen hab' ich, wie er dünner und dünner wurde; gegen Ende hast du ihn schon mit einer Hand hochheben können. Und seine Frau ist ihm gar nicht mehr in die Nähe gegangen, er hätt' ihr ja ins Gesicht husten können. Mutter hat sich nicht rühren gekonnt, und so hab' ich auch noch die Küche besorgt, hab' die Mahlzeiten gekocht, hab' den Krankenpfleger gemacht, hab' die Leintücher gewechselt und den Vater niedergehalten, wenn er durchgedreht hat. Das hat mir den Ausblick hier verdorben«, sagte er.

»Aber du bist doch gern mit herausgekommen, hast die Gegend richtig genossen! 's ist ein herrlicher Tag heute, Ray! Das mit deinem Bruder – natürlich tut es mir leid! Komm, tun wir uns ein bißchen um in der Gegend! Klettern wir hinunter zum Meer! Vielleicht gibts dort eine Höhle mit prähistorischen Zeichnungen, und wir schreiben einen Artikel darüber und verdienen uns krumm daran! Komm, klettern wir hinunter!«

»Mein Bruder hat immer nach mir geläutet. Er konnte nur noch flüstern. Er sagte dann immer: ›Ray, schau dir meine Beine an! Sind sie heut' schon wieder dünner?‹«

»Die Sonne ist im Untergehen. Klettern wir hinunter!«

»Vater hat immer geglaubt, ich will ihn umbringen, wenn ich ihn aufs Bett niedergehalten hab'. Noch im Sterben hab' ich ihn niedergehalten, und sein Atem war nur mehr ein Rasseln. Mutter saß in der Küche im Rollstuhl, aber sie wußte, daß Vater tot war und fing an, nach meiner Schwester zu kreischen. Brenda war in einem Sanatorium in Craigynos. Harry schellte mit der Glocke in seiner Schlafkammer, als Mutter zu schreien anfing, aber ich hab' nicht zu ihm können, und Vater lag tot im Bett.«

»Ich kletter' jetzt zum Meer hinunter«, sagte ich. »Kommst du mit?«

Er stand auf, kehrte aus seiner Grube wieder in die freie,

offene Welt zurück und folgte mir langsam über den Gipfel und dann den Steilhang hinunter; die Möwen schwärmten auf, ein einziger Sturm. Ich klammerte mich an verdorrtes, dorniges Gestrüpp, aber die Wurzeln hielten nicht; ein Fußhalt bröckelte, ein Riß im Felsen gab nach unter meinem Griff. Ich arbeitete mich weiter bis zu einem schwarzen, oben abgeflachten Felsen, dessen vorderes Ende, ganz wie das verkleinerte Abbild von ›Worm's Head‹, nur wenige riskante Schritte von mir entfernt aus dem Meer ragte, und ich starrte, durchweicht von der sprühenden Gischt, hinauf und sah Ray in einem Steinhagel herabsausen. Er landete knapp neben mir.

»Jetzt hab' ich geglaubt, es ist aus mit mir«, sagte er, nachdem er sich halbwegs beruhigt hatte. »Mein ganzes Leben ist wie im Blitz an mir vorbeigezogen.«

»Dein ganzes?«

»Jawohl, beinahe. Ich hab' das Gesicht meines Bruders so deutlich vor mir gehabt wie jetzt das deine.«

Wir blickten in die untergehende Sonne.

»Wie eine Orange.«

»Wie eine Tomate.«

»Wie'n Goldfischglas.«

Einer übertraf den anderen in der Beschreibung der Sonne. Die See schäumte gegen unseren Felsen, durchweichte uns die Hosenbeine, schlug uns ins Gesicht. Ich zog die Schuhe aus, hielt mich an Rays Hand fest und glitt auf dem Bauch den glatten Fels hinunter, um die Füße im Meer treiben zu lassen. Dann rutschte auch Ray herunter, und ich hielt ihn fest, während er im Wasser strampelte, so daß es aufschäumte.

»Komm jetzt zurück«, sagte ich und riß ihn an der Hand.

»Nein, nein«, sagte er, »das ist herrlich! Laß mich die Füße noch eine Weile hineinhalten! Es ist warm wie in den Bädern.« Er strampelte, stöhnte und schlug in einem Anfall von Wut mit der freien Hand gegen den Felsen und tat, als müßt' er ersaufen.

»Nicht mich retten!« schrie er. »Ich saufe ab! Ich saufe ab!«

Ich riß ihn zurück, und in seiner Gegenwehr streifte er sich am Felsen einen Schuh vom Fuß. Wir fischten ihn aus dem Meer. Er war voll Wasser.

»Hat nichts zu sagen, das war es wert! Seit meinem sechsten Jahr hab' ich nicht mehr im Wasser geplanscht! Ich kann dir gar nicht sagen, wie ich's genossen habe!«

Er dachte jetzt nicht länger an Vater und Bruder, aber ich wußte genau: war erst seine Freude an dem wilden, warmen Wasser abgeklungen, würde er sofort wieder in jenem Haus des Leidens sein und sehen, wie der Bruder dünner und dünner wurde. Ich hatte Harry schon so oft sterben gehört, und der tobende Vater war mir so vertraut wie Ray selbst. Jedes Husten kannte ich, jedes Weinen, jeden leeren Griff in die Luft.

»Von heut' an geh' ich täglich einmal ins Wasser«, sagte Ray. »Ich werd' jeden Abend zum Strand hinuntergehn und mich im Wasser herumtreiben. Herumspritzen werd' ich und mich naß machen bis an die Knie. Sollen sie lachen über mich!«

Er saß eine Minute lang still und dachte angestrengt nach. »Jeden Morgen beim Aufwachen hab' ich nichts vor mir, auf das ich mich freuen könnte, mit Ausnahme der Samstage«, sagte er dann. »Oder, wenn ich zu dir hinaufkomm' ins Haus und wir nach Lexicon gehen. Ich könnte grade so gut tot sein. Aber jetzt bin ich imstande, beim Aufwachen zu denken: ›Heut abend werd' ich im Meer herumplanschen!‹ Und jetzt versuch' ich es noch einmal!« Er rollte sich die nassen Hosen hoch und glitt den Felsen hinunter. »Nicht loslassen!«

Als er mit den Beinen im Meer strampelte, sagte ich: »Das ist ein Felsen am Ende der Welt. Wir sind ganz allein. Alles gehört uns, Ray! Wir können jeden hierhaben, den wir mögen, und jeden anderen fortjagen, ganz wie's uns paßt. Wer, möchtest du, sollte jetzt bei uns sein?«

Er war zu beschäftigt, als daß er hätte antworten können, er spritzte und schnaubte und schlug um sich, als wär' sein Kopf schon unter Wasser, er machte kreisende Bewegungen oder strich mit den Zehen träg über die Wasserfläche.

»Wer, möchtest du, daß jetzt auf dem Felsen bei uns wär'?« Er lag ausgestreckt da wie ein Toter, die Füße reglos im Meer, den Mund am Rand einer wassergefüllten Steinmulde, die Hand um meinen Fuß geklammert.

»Ich möchte, daß George Gray bei uns wär'«, sagte ich. »Das ist der Mann aus London, der in die Norfolk Street gezogen ist. Du kennst ihn nicht. Er ist der komischeste Kauz, der mir je untergekommen ist, verrückter als Oscar Thomas, und bei dem hab' ich schon geglaubt, ärger geht's nimmer. George Gray trägt Brillen, aber ohne Gläser drin, nur das leere Gestell. Aber das merkst du erst ganz in der Nähe. Er macht alles mögliche. Katzendoktor ist er, und jeden Morgen geht er irgendwohin nach Sketty, um einer Frau bei Anziehen zu helfen. Sie ist eine alte Witwe, hat er gesagt, und kommt allein nicht mehr zurecht damit. Ich weiß nicht, wie er zu der gekommen ist. Er ist erst seit einem Monat in der Stadt. Einen akademischen Grad hat er auch. Und was der alles in den Taschen mit sich herumschleppt! Kleine Zangen, Pinzetten und Scheren für die Katzen, und haufenweis Tagebücher. Ein paar davon hat er mir vorgelesen, über seine Londoner Tätigkeiten und so. Er ist dort immer mit einer Polizistin ins Bett gegangen, und sie hat ihm was gezahlt dafür. In Uniform ist die ins Bett gegangen! Noch nie hab' ich so 'n schrägen Kerl getroffen. Ich möchte, daß er jetzt hier wäre. Wer, möchtest du, sollte jetzt bei uns sein, Ray?«

Ray begann die Füße wieder zu bewegen, stieß sie fest von sich, schlug sie dann ins Wasser und stampfte darin herum.

»Auch Gwilym, möchte ich, sollte jetzt hier sein«, sagte ich. »Ich hab' dir von ihm erzählt. Der könnt' jetzt dem Meer eine Predigt halten. Hier ist genau der richtige Ort dafür, nirgends ist es einsamer! ›Oh, du herrlicher Sonnenuntergang! Oh, du furchtbare See! Gnade Gott den Seeleuten, gnade Gott den Sündern, gnade Gott Raymond Price und mir! Oh, wie sich der Abend wolkengleich herniedersenkt! Amen, Amen!‹ Wen möchtest du jetzt bei uns hier, Ray?«

»Ich wünschte, mein Bruder wär' jetzt hier«, sagte Ray. Er

kletterte zu der flachen Felsenstelle herauf und trocknete sich die Füße. »Ich wünschte, Harry wär' hier. Ich wünschte, er wäre hier, jetzt, in diesem Moment, auf diesem Felsen.«
Die Sonne war nun fast schon weg, halbiert von der schattigen See. Kälte kam auf, sprühte aus dem Wasser, und ich konnte ihr Gestalt verleihen, ein Geweih aus Eis, einen triefenden Schwanz, ein wellenzitterndes Antlitz, über das die Fische glitten. Wind strich plötzlich um den ›Head‹, machte uns frösteln unter unseren Sommerhemden, und die See stieg nun rasch und bedeckte zusehends unseren Felsen, ihn, der schon nahezu voll gewesen von Freunden, lebenden wie toten, welche nun in die Finsternis stürzten. Wir sprachen kein Wort beim Hinaufklettern. Ich dachte: »Sobald wir den Mund auftun, sagt ein jeder von uns nur, ›Zu spät, 's ist zu spät‹.« Wir liefen über das federnde Gras und über die nadelscharfen Felsen bis zu der Grube hinunter, wo Ray vom Blut geredet hatte, hasteten raschelnde Buckel hinauf und weiter durch das holprige Flachland. Wir standen am Anfang des ›Head‹ und blickten hinab, wiewohl jeder von uns hätte sagen können ohne sich umzublicken: »Die Flut ist da.«
Die Flut war da. Die schlüpfrigen Schrittsteine waren verschwunden. Vom Festland her, in der Abenddämmerung, winkten, klar sichtbar, irgendwelche winzigen Gestalten. Sie hüpften und riefen. Die Radler, dachte ich.

Die alte Garbo

Mr. Farr schritt behutsam und angeekelt die düsteren, schmalen Stufen hinunter, als fürchtete er, auf Mäuse zu treten. Er wußte, ohne erst hinzusehen oder auszugleiten, daß boshafte Buben Bananenschalen in die dunkelsten Ecken geschmissen hatten. Und in der Toilette würden die Becken vorsätzlich verstopft und die Ketten absichtlich vorgelegt sein. Er entsann sich der braunschmierigen Aufschrift ›Mr. Farr, no father‹, und auch jenes Tages, an dem der Ausguß voll Blut gewesen, das angeblich niemand verloren hatte. Ein Mädchen hastete an ihm vorbei die Treppe hinauf, schlug ihm die Zeitungen aus der Hand, entschuldigte sich nicht, und sein lose im Mund hängender Zigarettenstummel verbrannte ihm die Unterlippe, als er die Toilettentür nicht gleich öffnen konnte. Ich hörte von drinnen, wie er protestierte und an der Tür rüttelte, hörte seine greinende Stimme, das Aufstampfen seiner kleinen Lackstiefeletten, vernahm das ganze Repertoire seiner Lieblingsflüche und -verwünschungen – er fluchte heftig und ungestört vor sich hin wie ein Grubenkumpel, der daran gewöhnt ist, im Finstern laut zu denken –, und ich ließ ihn ein.

»Verriegeln Sie immer die Tür?« fragte er, indem er zu der gekachelten Wand eilte. »Hat geklemmt«, sagte ich. Er ließ sein Wasser laufen und knöpfte sich zu.

Er war der Chefreporter, ein phantastischer Stenograph, außerdem Kettenraucher, harter Trinker, recht humorvoll, rundgesichtig und schmerbäuchig, mit haarigen Nasenlöchern. Früher einmal, so dachte ich, während ich ihn im Waschraum des Redaktionsbüros der *Tawe News* anstarrte, mochte er ein recht affektierter Kerl gewesen sein, mit manieriertem Gang und balancierendem Stock, mit Uhrkette überm Gilet, einem Goldzahn, ja vielleicht sogar mit einer Blume aus dem eigenen Garten im Knopfloch. Jetzt aber ging ihm jeder Versuch einer gezielten Geste schon im Ansatz daneben; drückte er Daumen und Zeigefinger mit den Spitzen aneinander, so sah man bloß die rissigen Nägel mit den Trauerrändern und die Nikotinflecke der billigen Woodbine-Zigaretten. Er gab mir eine davon und schüttelte dann den Mantel, um festzustellen, in welcher Tasche die Zündhölzer waren.

»Hier ist Feuer, Mr. Farr«, sagte ich.

Es war günstig, mit ihm auf gutem Fuß zu stehen: er berichtete über all die großen Dinge, über gelegentliche Morde, zum Beispiel, als Thomas O'Connor auf dem Schädel seiner Frau eine Flasche zerschlagen hatte – aber das war noch vor meiner Zeit gewesen –, über die Streiks, die eindrucksvollsten Brände. Ich ließ, wie er, meine Zigarette im Mund hängen, als Aushängeschild schlechter Manieren.

»Schaun Sie, das Wort da an der Wand«, sagte er. »Also, das ist ekelhaft. Alles zu seiner Zeit und an seinem Ort!«

Er blinzelte mir zu, kratzte sich an seiner kahlen Stelle, als käm' ihm der Gedanke von dort, und sagte: »Das hat Mr. Salomon geschrieben.«

Mr. Salomon schrieb die Leitartikel für die Zeitung und war Wesley-Anhänger.

»Tja, der gute alte Salomon«, sagte Mr. Farr. »Jedes Baby würd' er am liebsten auf zwei Hälften zerschneiden, nur aus Freude an seinem Namen.«

Ich grinste und sagte »Na und ob!« Aber ich wünschte, meine Antwort hätte die Abschätzigkeit noch stärker zum Ausdruck gebracht, die ich Mr. Salomon gegenüber gar nicht empfand. Dies war ein großer Augenblick im Leben eines Mannes, eigentlich der stolzeste seit meinem Arbeitsantritt vor drei Wochen: ich lehnte an der rissigen, gekachelten Wand, rauchte und grinste, den Blick auf meinen Schuh gerichtet, der auf dem glitschigen Boden Kreise zog, und teilte eine kleine Bosheit mit einem alten Mann, dessen Wort hier was galt. Eigentlich hätte ich ja die Kritik der Aufführung »Die Kreuzigung« vom letzten Abend abfassen oder mit schiefgerücktem

Hut durch die vorweihnachtlich wimmelnden Samstagstraßen streunen sollen, stets auf der Lauer nach irgendeinem Zwischenfall.
»Sie müssen mich mal 'ne Nacht lang begleiten«, sagte Mr. Farr langsam. »Wir gehn dann den ›Fishguard‹ an den Docks hinunter. Sie können dort die Seeleute in den Spelunken mit den Weibern anbändeln sehn. Warum eigentlich nicht gleich heute? Im ›Lord Jersey‹ gibt's die Weiber schon für einen Shilling. Rauchen Sie auch so gern ›Woodbines‹ wie ich?«
Er wusch sich die Hände wie ein kleiner Junge, indem er den ganzen Dreck ins Rollhandtuch schmierte, starrte dann in den Spiegel überm Waschbecken, zwirbelte die Schnurrbartenden und sah zu, wie sie sofort wieder herabsanken.
»An die Arbeit«, sagte er.
Ich trat auf den Gang hinaus und ließ ihn allein, das Gesicht gegen den Spiegel gepreßt und mit dem Finger die haarigen Nasenlöcher durchforschend.
Es war gegen elf Uhr und Zeit für einen Kakao oder russischen Tee im Café Royal, oberhalb des Tabakladens in der High Street, wo kleine Angestellte, Verkaufslehrlinge und junge Männer, die im Büro ihrer Väter arbeiteten oder bei Maklern und Anwälten angelernt wurden, einander allmorgendlich trafen auf einen Tratsch oder den Austausch von Neuigkeiten. Ich drängte mich durch die Menge: durch die Valley-Männer, auf dem Weg zum Fußballmatch; die Einkäufer vom Land; die Schaufenstergaffer; die stummen, schäbigen Männer an den Ecken der bevölkerten Straßen, die isoliert im Regen standen; den unablässigen Strom von Müttern und Kinderwagen; die alte Einkaufskörbe schleppenden Frauen in schwarzen, broschengeschmückten Kleidern; die flotten Mädchen in schimmernden Regenmänteln und bespritzten Strümpfen; die kleinen, herausgeputzten, unterm schlechten Wetter leidenden ostindischen Matrosen; die Geschäftsleute mit den nassen Gamaschen. Ich arbeitete mich durch einen wahren Pilzwald aus aufgespannten Schirmen. Und die ganze Zeit hatte ich die Zeitungsartikel im Sinn, die

ich niemals schreiben würde. Nach und nach werd' ich aus euch allen eine Geschichte machen.
Mrs. Constable, schwer beladen und erhitzt von dem anstrengenden Weihnachtsrummel, erkannte mich, als sie wie ein Stier aus einem Woolworth-Kaufhaus herausstürmte. »Ich hab' Ihre Mutter schon eine Ewigkeit nicht gesehen! Aach – dieser Weihnachtsrummel! Grüßen Sie Florrie von mir! Ich geh' jetzt auf einen Tee ins ›Modern‹. Da haben wir's«, sagte sie, »jetzt hab ich die Pfanne verloren!«
Ich sah Percy Lewis, der mir in der Schule immer Kaugummi ins Haar geklebt hatte.
Ein hochgewachsener Mann starrte auf den Eingang eines Hutladens, widersetzte sich der Menge und stand unbeweglich und ruhig da. All die bewegende Irrelevanz guter Neuigkeiten wuchs an und agierte rings um mich her, als ich den Eingang zum Café erreichte und die Stufen hinaufstieg.
»Was darf's denn sein, Mr. Swaffer?«
»Wie immer, bitte.« Kakao, das Gebäck nicht berechnet.
Die Burschen waren schon fast alle da. Manche trugen scharfgestutzte Schnurrbärte, andere hatten Koteletten und künstlich gekräuseltes Haar, manche rauchten aus gebogenen Pfeifen und redeten dabei, das Mundstück zwischen den Zähnen. Da gab es Stresemann-Hosen und steife Kragen, ja sogar eine gewagte Melone.
»Setz dich her zu uns«, sagte Leslie Bird. Er war bei Dan Lewis beschäftigt.
»Diese Woche im Kino gewesen, Thomas?«
»Ja. Im Regal. ›*White Lies*‹. Verdammt gute Show übrigens! Connie Bennet war großartig. Du weißt doch noch, sie im Schaumbad, Leslie?«
»Zu viel Schaum für meinen Geschmack, Alter.«
Der breite städtische Akzent war hier eingeschränkt, das Auf und Ab des familiären Tons unterdrückt.
Am Hauptschaufenster der ›International Stores‹ auf der anderen Straßenseite stand eine Gruppe uniformierter Mädchen herum, mit Teetassen in den Händen. Eine von ihnen winkte

mit ihrem Taschentuch. Ob das mir gilt? dachte ich. »Dort ist das schwarze Stück schon wieder«, sagte ich. »Die hat ein Auge auf dich.«
»Sehen gut aus in ihrer Arbeitskleidung«, sagte Leslie. »Springen ins Auge, wenn sie so herausgeputzt sind, einfach Spitze! Hab' mal 'ne kleine Krankenschwester gekannt, die hat wie ein Pfirsich ausgesehn in ihrer Tracht, wahrhaftig, und piekfein! Nein wirklich, im Ernst! Hab' sie bei einer nächtlichen Tanzveranstaltung aufgegabelt. Da hatte sie ihre besten Sachen an. Das war ein Unterschied: sie hat ausgesehn wie direkt aus der Auslage von Marks & Spencer's.« Während er redete, blickte er ständig aus den Augenwinkeln durchs Fenster hinüber.
Das Mädchen winkte erneut und wandte sich dann unter Gekicher ab.
»Ganz schön billig!« sagte er.
Und ich: »›Und klein Audrey lachte, lachte . . .!‹«
Er zog ein vergoldetes Zigarettenetui aus der Tasche. »Geschenk«, sagte er. »Wetten, mein Onkel mit seinen drei Eiern schafft sowas in einer Woche. Da, bedien dich – bester Türkischer.«
Seine Streichhölzer waren ›Allsopps‹ mit Aufdruck. »Hab' sie aus dem ›Carlton‹«, sagte er. »Hübsche Kleine dort hinter der Bar: versteht ihr Geschäft. Noch nie dortgewesen, wie? Warum schaust du nicht auf einen Schnaps hinein heut' Nacht? Gil Morris wird auch dort sein. Samstags kippen wir immer ein paar. Und im ›Melba‹ hast du Tanz.«
»Schade«, sagte ich. »Ich geh' heut' mit unserm Chefreporter. Ein andermal, Leslie – bis dann!«
Ich zahlte meine drei Pence.
»Morgen, Cassie.«
»Morgen, Hannen.«
Der Regen hatte aufgehört, und die High Street glänzte. Auf den Trambahnschienen spazierte ein sauber gekleideter Mann mit erhobenem Banner und verkündete öffentlich seine Gottesfurcht. Ich kannte ihn als Mr. Matthews, der vor Jahren

vorm Alkohol errettet worden war und nun Nacht für Nacht, in Gummigaloschen, mit Gebetbuch und Taschenlampe, die Seitengassen durchstreifte. Drüben ging Mr. Evans, der Macher, durch die Seitentür des ›Bugle‹. Drei Tippsen eilten vorbei zum Lunch – verlorene Eier und Milchflip dazu. Lavendelparfum wehte hinterher. Sollte ich den langen Weg durch die Arkaden nehmen und dort nach dem Alten sehen mit dem defekten, leeren Kinderwagen, der immer dort stand, gleich beim Musikladen, und der für einen Penny die Kappe abnahm und sich das Haar anzündete? Das war bloß ein Trick, um kleine Jungen zu belustigen, und ich nahm die Abkürzung hinunter durch die Chapel Street, welche das Elendsviertel ›Strand‹ begrenzte, ging vorbei an der verlokkenden italienischen Imbißstube, wo junge Männer, deren Eltern es genau nahmen, sich spät in der Nacht für zwei Pennies Chips kauften, um noch rasch ihre Fahne zu kaschieren vor der letzten Tram. Dann stieg ich die enge Redaktionstreppe hinauf und betrat das Reporterzimmer.

Mr. Salomon führte gerade ein lautstarkes Telefonat. Ich hörte noch die letzten Worte: »Sie phantasieren ja, Williams!« Er legte auf. »Der Junge macht sich vielleicht Illusionen«, sprach er vor sich hin. Fluchen gab's bei ihm nicht.

Ich beendete meinen Bericht über *›Die Kreuzigung‹* und händigte ihn Mr. Farr aus.

»Zuviel platte Weitschweifigkeiten.«

Eine halbe Stunde danach stahl sich Ted Williams, schon in Golfkleidung, ins Zimmer, grinste, machte Mr. Salomon hinterrücks eine lange Nase, nahm dann ganz still in der Ecke Platz und begann, sich die Nägel zu feilen.

Ich flüsterte: »Weswegen hat er dich denn so heruntergemacht?«

»Ich war draußen, Selbstmordfall, ein Tramführer namens Hopkins, und die Witwe hat mich auf eine Tasse Tee eingeladen, weiter nichts.« Er hatte eine recht gewinnende Art, eher wie ein Mädchen und gar nicht wie ein Mann, der nur die Fleet Street im Kopf hat und seine vierzehn Tage Sommerur-

laub damit verbringt, vor der Redaktion des *Daily Express* auf- und abzugehen und nach Berühmtheiten in den Pubs Ausschau zu halten.
Samstag war mein freier Nachmittag. Es war ein Uhr und Zeit, Schluß zu machen, aber ich blieb noch. Mr. Farr sagte nichts. Ich gab vor, beschäftigt zu sein, kritzelte irgendwelche Wörter und karikierte ohne viel Erfolg Mr. Salomons Tukanprofil und den stupsnasigen Schreiberjungen, der so falsch pfiff hinter den Scheiben der Telefonzelle. Ich schrieb meinen Namen, ›Reporter-Zimmer, *Tawe News*, Tawe, South Wales, England, Europa, Erde‹. Und eine Liste von Büchern, die ich nie geschrieben hatte: ›Land meiner Väter, eine Studie der walisischen Wesensart in all ihren Aspekten‹; ›Achtzehn, Autobiographie eines Kleinstädters‹; ›Die gnadenlosen Ladies, Roman‹. Mr. Farr blickte noch immer nicht auf. Ich schrieb: ›Hamlet‹. Gewiß hatte Mr. Farr, der beharrlich seine Sitzungsnotizen übertrug, mich nicht vergessen. Ich hörte, wie Mr. Salomon, sich halb umwendend, murrte: »Zur Hölle mit Aldermann Daniels!« Halb zwei. Ted träumte vor sich hin. Ich ließ mir viel Zeit beim Mantelanziehen und band mir mein altes Gymnasiastenhalstuch erst so, dann anders um.
»Leute gibt's, die sind einfach zu faul, um an ihrem freien Nachmittag auszugehn«, sagte Mr. Farr plötzlich. »Um Sechs im Hinterzimmer der Laternenbar.« Er wandte sich weder um, noch hielt er im Schreiben inne.

»Machst einen kleinen Spaziergang?« fragte meine Mutter.
»Ja, bißchen ins Freie. Wart nicht mit dem Tee.«
Ich ging zum ›Plaza‹. »Presse«, sagte ich zu dem Mädchen im Tirolerkostüm.
»'s waren diese Woche schon zwei Reporter hier.«
»Sonderbericht.«
Sie geleitete mich zu einem freien Sitz. Während des Kulturfilms, beim Anblick nackter Samen, die sich vereinigten und Schößlinge trieben, und angesichts von Pflanzen, die sich gleich Armen und Beinen bewegten, dachte ich an die tanzen-

den Weiber und herausgeputzten Matrosen in den Kaschemmen. Vielleicht rauften sie sich dort mit Rasiermessern, und einmal hatte Ted Williams vor der Seemannsmission eine abgeschnittene Lippe gefunden. Ein kleiner Schnurrbart war noch drangewesen. Die wellenförmigen Pflanzen tanzten über die Leinwand. Wäre Tawe nur eine größere Hafenstadt, so gäb's da unten auch noch verhängte Kellerräume mit obszönen Filmen. Das Wachstum der Kartoffel war zu Ende, und schon fand ich mich in einem amerikanischen College und tanzte mit der Tochter des Präsidenten. Den Helden namens Lincoln, einen hochgewachsenen und dunkelhaarigen Kerl mit prachtvollem Gebiß, hatte ich bald ausgestochen, und das Mädchen sprach meinen Namen, als sie sein Schattenbild umarmte, der singende College-Chor in Seemannshüten und Badeanzügen nannte mich Big Boy und King, Jack Oakie und ich rannten das Feld hinauf, und auf den Schultern der Menge zogen die Präsidententochter und ich den in allen Farben schimmernden Vorhang über die Leinwand, unter einem Kuß, der mich ganz schwindelig und mit glänzenden Augen aus dem Kino taumeln machte, hinaus in das grelle Lampenlicht und den neu einsetzenden Regen.

Eine volle nasse Stunde in der Menge zu vertun! Ich beobachtete die Menschenschlange vor dem ›Empire‹, studierte die Plakate für *Nuit de Paris* und dachte an die langen Beine und erregenden Gesichter der Chorgirls, die ich zu Anfang der Woche Arm in Arm durch die Straßen hatte spazieren sehen, auf und ab im winterlichen Sonnenlicht. Ihre Münder, fiel mir jetzt wieder ein, hatte ich besonders vermerkt und mir aufgespart für die erste Seite der ›Gnadenlosen Ladies‹, die ich nie begonnen hatte. Wie tiefrote Wundmale, das Haar rabenschwarz oder silbrig; ihr Parfum und ihr künstlicher Teint gemahnten mich an den heißen, schokoladefarbenen Osten, ihre Augen waren wie Seen. Lola de Kenway, Babs Courcey, Ramona Day – lebenslang würden sie mit mir sein! Bis zu meinem Tod an einer zehrenden, schmerzlosen Krankheit, bis zu dem Augenblick meiner wohlvorbereiteten letzten Worte würden sie mich begleiten, mich erinnern an meine tote Jugend in den längst entschwundenen High Street-Nächten, wo die Schaufenster leuchteten, der Gesang aus den Schanklokalen drang, und die lockenden Sirenen aus dem ›Hafod‹ in den dampfenden Imbißstuben saßen, ihre Handtaschen auf dem Knie und mit klappernden Ohrgehängen. Ich hielt inne, um nach dem Fenster von Dirty Black's zu sehen, des Scherzartikelhändlers, aber da war nichts besonderes: Juck- und Niespulver, Stinkbomben, Schreibfedern aus Gummi und Chaplinmasken; alle Novitäten waren drinnen im Laden, aber ich getraute mich nicht hinein, aus Angst, eine Frau könnte mich bedienen, Mrs. Dirty Black, mit Schnurrbart und wissenden Augen, oder ein hageres, hundegesichtiges Mädchen, das ich dort einmal gesehen hatte, ein Mädchen, das blinzelte und nach Seetang roch. Auf dem Marktplatz besorgte ich mir rosa Cachous. Man kann nie wissen.

Das Hinterzimmer der ›Drei Laternen‹ war voll älterer Männer. Mr. Farr war noch nicht da. Ich lehnte mich an die Bar, zwischen einen Stadtrat und einen Advokaten, trank mein Bier und wünschte, mein Vater sollte mich jetzt sehen, so in meinem Glück, um die nämliche Stunde, da er bei Onkel A. in Aberavon zu Besuch war. Er mußte merken, daß ich nun kein kleiner Junge mehr war, und nicht minder mußte er sich ärgern über die Art, wie ich meinen Glimmstengel aus dem Mund hängen ließ und meinen Hut aufbehielt. Auch das Bedrohliche des von mir so krampfhaft umfaßten Bierkrugs mußte er spüren. Ich mochte den Geschmack des Biers, seinen lebendigen, weißen Schaum, seine messingfarben leuchtenden Tiefen, die plötzlich veränderte Welt durch die naßbraunen Glaswände des Kruges, das abrupte An-den-Mund-Heben und das langsam gurgelnde Hinunterlaufen in den gluckernden Bauch, das Salz noch auf der Zunge und den Schaum noch in den Mundwinkeln.

»Dasselbe nochmal, Fräulein.« Sie war in mittleren Jahren.

»Eins für Sie, Fräulein?«

»Nicht im Dienst. Trotzdem, vielen Dank!«

»Keine Ursache!«

War das nun eine Einladung, nach Dienstschluß mit ihr eins zu trinken, an der Hintertür auf sie zu warten bis sie herausgeschlüpft käme, und dann mit ihr durch die Nacht zu schlendern, die Promenade und den Strand entlang, bis hinaus zu einer der sanften Dünen, wo die Liebespaare unter ihren Mänteln beschäftigt waren, und dort nach dem Leuchtturm von Mumbles zu spähen? Sie war gedrungen und alles andere als hübsch, ihr Haar unterm Netz war kastanienbraun mit grauen Fäden darin. Sie gab mir das Wechselgeld heraus wie eine Mutter ihrem Jungen das Kinogeld gibt, und ich würde nicht mit ihr ausgehen, dachte ich auch wenn sie sich Haarcreme drauftäte.

Mr. Farr hastete die High Street hinunter, wies ärgerlich alle angebotenen Schnürsenkel und Zündhölzer zurück und hatte keinen Blick für die schäbige Menge. Er wußte, daß die armen und die kranken und die häßlichen, lästigen Leute ihn so nahe umdrängten, daß die geringste Kenntnisnahme, eine bloße Geste der Sympathie, seinen Untergang in der Menge bedeutet hätte und einen endgültig verdorbenen Abend.

»Na, Sie gießen's ja in sich hinein«, sagte er unmittelbar neben mir.

»Guten Abend, Mr. Farr. Nur dann und wann – zur Abwechslung. Und was nehmen Sie? Scheußliche Nacht heute«, sagte ich.

Wohl aufgehoben in einem gepflegten Haus, dem Regen entronnen und den unwirtlichen Straßen, hier, wo die Armen und die Vergangenheit ihn nicht mehr berührten, zog er träge sein Glas zu sich heran, in der Gesellschaft von Geschäftsleuten und Berufskollegen, und hob es gegen das Licht. »Kann noch scheußlicher werden«, sagte er. »Warten Sie nur bis zum ›Fishguard‹. Auf Ihr Wohl! Dort sehn Sie die Matrosen ihre Weiberbekanntschaften machen. Und die alten Fischmädchen im ›Jersey‹. Muß mal raus auf den Lokus, frische Luft schnappen.«

Mr. Evans, der Macher, schlüpfte durch eine vorhangverdeckte Seitentür herein, bestellte im Flüsterton seinen Drink, hielt den Mantel darüber und trank in aller Heimlichkeit.

»Mir das gleiche«, sagte Mr. Farr. »Und einen kleinen für den Herrn da.«

Die Bar war zu vornehm, als daß man sie weihnachtlich dekoriert hätte. Eine Aufschrift besagte »Damen unerwünscht«.

Wir ließen Mr. Evans unter seinem Schutzzelt weiterglukkern.

Kinder schrien in der Goat Street, und ein Junge, ganz außer der Saison, packte mich am Ärmel und rief: »Penny für den Guy!« Dicke Weiber mit Männerkappen standen wie Barrikaden vor ihren Haustüren, und ein prima Mädchen winkte uns an der Ecke in die mit grünem Eisengeländer versehene Absteige vis à vis vom Carlton-Hotel. Wir traten ein in den Musiklärm, die Bar war behängt mit Bändern und Ballons, ein schwindsüchtiger Tenor lehnte überm Piano, hinter der Theke schäkerte Leslie Birds Barmädchen mit einer Schar junger Männer, die sich weit über die Theke beugten und ihre Strumpfbänder sehen wollten und sie zu Gin mit Zitrone, einsamen Nachtspaziergängen und feuchtheißen Abenteuern im Kino einluden. Mr. Farr grinste höhnisch in sein Glas, dieweil ich neidvoll auf die jungen Männer blickte und mitansah, wie gern das Mädchen mittat, den Händen, die nach ihr griffen, einen Klaps gab, und wie sie sich beim Abzapfen des Bieres in den Hüften schwang und herumdrehte, voll Stolz auf ihr hübsches und lockeres Aussehen.

»Krummes kleines Kroppzeug von den Valleys. Das gibt noch 'ne ganz schöne Kotzerei heut' Nacht«, sagte er genüßlich.

Andere junge Männer mit pomadisiertem Haar, blaß und untersetzt, mit hohen Backenknochen und tiefliegenden Augen, mit auffälligen Krawatten, zweireihigen Gilets und weiten Hosen, manche Gesichter narbig von der Arbeit in den Kohlengruben, die breiten Hände zerschrammt und versehrt, alle in angeheitertem Zustand, standen singend ums Piano, und der Tenor mit der eingesunkenen Brust führte mit klarer Stimme. Oh! Fähig zu sein, einzustimmen in das suggestive Spiel oder den sich wiegenden Chor, lautstark *Bread of Heaven* zu singen, die Schultern zurück und Arm in Arm mit Little Moscow, oder ›flott‹ und ›ein Kerl‹ genannt zu werden, während ich am Schanktisch kokettierte und herumblödelte, harmlos-verderbte Liebesgedanken im Kopf, die zu nichts führen konnten inmitten des verschütteten Biers und der sich stapelnden Gläser!

»Komm, schau'n wir, daß wir wegkommen von diesen Drecksnachtigallen«, sagte Mr. Farr.

»Zu viel Wirbel«, sagte ich.

»Aber *jetzt* gehn wir erst wohin!«

Wir gingen gemächlich die Strandalleen hinunter, an der Leichenhalle vorbei, durch eine gasbeleuchtete Hintergasse, wo von irgendwo her lautes Babygeschrei drang, und erreichten den Eingang des ›Fishguard‹, als ein Mann, vermummt wie Mr. Evans, knapp vor uns herausschlüpfte, eine Flasche oder einen Totschläger in der behandschuhten Hand. Das Lokal war leer. Ein alter Kerl mit zittrigen Händen saß hinterm Ausschank und starrte auf seine Zwiebeluhr.

»Fröhliche Weihnachten, Pa.«

»'n Abend, Mr. F.«

»'n Schluck Rum, Pa.«

Eine rote Flasche ward über zwei Gläsern geschüttelt.

»Ganz spezielles Gift, mein Sohn!«

»Das treibt dir die Augen aus dem Kopf«, sagte Mr. Farr.

Mein eiserner Kopf stand hoch und fest, kein Seemannsrum konnte mir meinen unerschütterlichen Magen durcheinanderbringen. Armseliger Leslie Bird, dieser Port-Schlürfer, und kleiner Gil Morris, der sich jeden Samstagabend mit einem Graphitstift die Verderbtheit unter die Augen malte – jetzt hätten sie mich sehen sollen, in dem düstern, verkommenen Gastzimmer mit nichts als Boxerfotos an der Wand!

»Noch was von dem Gift, Pa«, sagte ich.

»Wo sind denn die Stammgäste heut' Nacht?«

»Sie sind im Hinterzimmer, Mr. F., dort gibt's 'ne Party für Mrs. Protheros Tochter.«

Im Hinterzimmer, unter einer stockfleckigen Königlichen Familie, saß eine Reihe schwarzgekleideter Weiber auf einer Holzbank – saß da unter Lachen und Weinen, mit niedrigen Guiness-Gläsern vor sich. Auf der Bank gegenüber tranken ihnen zwei Männer in Jerseys verständnisvoll zu und nickten bei den Gefühlsausbrüchen der Weiber. Und auf dem einzigen Stuhl in der Mitte des Zimmers saß eine Alte, die Haube unterm Doppelkinn geknotet, mit einer Federboa angetan und in weißen Sportschuhen, und kicherte und weinte abwechselnd über das Gehaben all der anderen. Wir setzten uns auf die Männerbank. Der eine von ihnen tippte an seine Kappe, mit einer noch frisch zerkratzten Hand.

»Was feiert ihr hier, Jack?« fragte Mr. Farr. »Das ist mein Kollege, Mr. Thomas – und das ist Jack Stiff, der Leichenhallenwärter.«

Jack Stiff sprach aus dem Mundwinkel. »'s ist wegen Mrs. Prothero da. Wir nennen sie die ›alte Garbo‹, weil sie ihr so gar nicht ähnlich sieht, nicht wahr? Vor 'ner Stunde oder so hat sie aus dem Spital Nachricht gekriegt, Mrs. Harris' Winifred hat sie überbracht,Mrs Protheros zweitälteste Tochter ist im Wochenbett gestorben.«

»Und das Baby, ein Mädchen, ebenfalls tot«, ergänzte der Mann daneben.

»Und da sind die alten Mädchen hier zusammengekommen aus reinem Mitgefühl und haben eine Mordskollekte veranstaltet für die alte Garbo, und jetzt fängt sie an, das alles zu versaufen und auch die anderen leben zu lassen. Hübsch ein paar Halbe hat sie schon springen lassen für uns.«

»Schrecklich.«

Der Rum brannte und hatte es in sich in dem überheizten Zimmer, aber mein Kopf war noch immer unerschüttert wie ein Berg, und ich hätte noch vor Morgen ein Dutzend Bücher schreiben und das ›Carlton‹-Barmädchen wie ein Faß über den Tawe-Strand vor mir herrollen können.

»Zu saufen für den ganzen Haufen!«
Vor der neuen Zuhörerschaft heulten die Weiber noch lauter, tätschelten Mrs. Protheros Knie und Hände, rückten ihr die Haube zurecht und redeten nur Gutes über ihre verstorbene Tochter.
»Was möchten Sie haben, liebste Mrs. Prothero?«
»Nein, nur mit mir zusammen, meine Teure, und zwar vom Besten was das Haus zu bieten hat!«
»Nun gut, mich plagt die Lust auf ein Guiness!«
»Mit ein bißchen was drin, meine Liebe!«
»Auf Margies Angedenken, sei's drum!«
»Denken Sie nur, sie wär' jetzt unter uns und sänge *One of the Ruins* oder *Cockles and Mussels*; sie hatte eine so klare Frauenstimme!«
»Ach, hören Sie auf, Mrs. Harris!«
»Aber wir wollen Ihnen ja nur Mut zusprechen. Der Kummer bringt sogar 'ne Katze um, Mrs. Prothero. Los, singen wir eins, meine Liebe!«

Fahl stieg der Mond überm grauen Gefels,
Die Sonne versank in der blauenden See,
Ich schritt mit der Liebsten durch Gras und durch Klee
Hinunter zum Rand des kristallklaren Quells.

sang Mrs. Prothero.
»Es war das Lieblingslied ihrer Tochter«, sagte Jack Stiffs Freund.
Mr. Farr klopfte mir auf die Schulter. Seine Hand fiel langsam, aus großer Höhe, und seine dünne, vogelhafte Stimme kam von einem ständig kreisenden Plafond. »Woll'n mal bißchen vor die Tür gehen nach draußen, wir zwei beide.« Die schäbigen Regenschirme und Mützen, die weißen Sportschuhe, die Flaschen und der stockfleckige König, der singende Leichenhallenwärter, die *Rose of Tralee* – das alles schwamm nun durcheinander ineins in der behaglichen Bude; zwei kleine Männer, Mr. Farr und sein Zwillingsbruder, ge-

leiteten mich auf einer Schlittschuhbahn zur Tür, und die frische Nachtluft gab mir den Rest. Der Abend war voll plötzlicher Geschehnisse: eine Mauer stürzte um und schlug mir den Filzhut vom Kopf; Mr. Farrs Bruder verschwand unterm Pflaster; jetzt kam eine Wand auf mich zu wie ein Büffel. Weich ihm aus Junge! Nimm noch 'nen Schluck Angostura, einen Schluck Brandy, Fernet Branca, Polly, oooh! Mamas Liebling! Steck den Finger in den Hals!

»Na, ist Ihnen jetzt besser?«

Ich fand mich in einem Plüschsessel, den ich nie vorher zu Gesicht bekommen hatte, nippte an einem nach Mottenkugeln schmeckenden Drink und suchte einem Wortwechsel zwischen Ted Williams und Mr. Farr zu folgen. Mr. Farr sagte soeben mit strenger Stimme: »Sie sind hereingekommen auf der Suche nach Seeleuten!«

»Nein, bin ich gar nicht«, sagte Ted. »Mir war's nur ums Lokalkolorit.«

Die Aufschriften an der Wand besagten ›The Lord Jersey. ›Eigent.: Titch Thomas.‹ ›Keine Wetten!‹ ›Fluchen verboten, ihr B----ds.‹ ›Gott hilft sich selbst, ihr aber dürft es nicht.‹ ›Nicht für Damen, Damen ausgenommen.‹

»Das ist 'ne spaßige Kneipe«, sagte ich. »Sehn Sie die Aufschriften?«

»Wieder Okay?«

»Ich fühl' mich großartig, bestens.«

»Da drüben ist ein hübsches Mädchen für Sie. Sehn Sie nur, wie verliebt sie herüberschaut.«

»Aber die hat ja keine Nase!«

Mein Drink hatte sich im Handumdrehen in Bier verwandelt. Ein Hammer klopfte. »Ruhe! Ruhe!« Auf ein Signal hin in einem neuen Saloon forderte ein kragenloser Vorsitzender mit Zigarre im Mund Mr. Jenkins auf, *The Lily of Laguna* zum besten zu geben.

»Auf Ihre ausdrückliche Bitte«, sagte Mr. Jenkins.

»Ruhe! Ruhe für Katie Sebastopol Street. Was gibst du zum besten, Katie?«

Sie sang die Nationalhymne.
»Mr. Fred Jones wird jetzt seinen üblichen schlüpfrigen Song beisteuern.«
Ein gebrochener Bariton verdarb den Refrain: ich erkannte ihn als meinen eigenen und verstummte. Ein Mädchen der Heilsarmee entschlüpfte den Armen zweier Schiffsheizer und verkaufte ihnen den *›Kriegsruf‹*.
Ein junger Mann mit auffälligem Kopftuch, schwarzweißen Freizeitschuhen mit Löchern für die Zehen, und ohne Socken, tanzte bis die ganze Bar »Mabel!« schrie.
Ted neben mir klatschte Beifall. »Das nenn' ich Stil! ›Der Nijinsky des Nachtlebens!‹ Das gibt 'ne Story. Ob ich den wohl zum Interview kriege?«
»Halb so schlimm«, sagte Mr. Farr.
»Bringen Sie mich nicht in Wut!«
Ein Wind von den Docks strich die Straße herauf, ich hörte den brutalen Bagger von der Bucht her und das Tuten eines hereinkommenden Schiffs, die Gaslampen schwankten, dann schloß der Rauch sich aufs neue über den fleckigen Wänden mit King George und seiner Mary, wie sie da triefend über der Frauenbank hingen, und Jack Stiff flüsterte hinter der Hand, die er wie eine Tierpranke an den Mund hielt: »Die alte Garbo ist weg.«
Die traurig-vergnügten Weiber rückten zusammen.
»Mrs. Harris' Kleine hat die Nachricht mißverstanden. Die Tochter der alten Garbo ist wohlauf wie nur, das Baby war'ne Totgeburt. Jetzt wollen die alten Mädchen ihr Geld zurück, aber die Garbo ist nirgendwo aufzufinden.« Er leckte sich die zerkratzte Hand. »Ich weiß wohin sie ist.«
Sein Freund sagte: »Über die Brücke, weitersaufen.«
Mit gedämpfter Stimme lästerten jetzt die Weiber über Mrs. Prothero, nannten sie Lügnerin, Ehebrecherin, alte Hure, Bastardmutter und eine Diebin obendrein.
»Sie hat – na ihr wißt ja, was.«
»Und nie ausgeheilt.«
»Hat ihren Charlie sauber eintätowiert!«

»Drei Shillings acht Pence ist sie mir schuldig.«
»Mir zwei und zehn.«
»Und ich kann mir's jetzt vom Mund absparen!«
»Einen und 'n Sechser, von meiner Altersrente!«
Wer war's nur, der mein Glas immer nachfüllte? Das Bier rann mir über Wangen und Kragen. Der Mund war mir voll Speichel. Die Bank drehte sich. Die Kajüte des ›Fishguard‹ kenterte. Mr. Farr wurde ferner und ferner; das Fernrohr zog sich auseinander, und Mr. Farrs Gesicht mit seinen großen und haarigen Nasenlöchern blies mir direkt in das meine.
»Mr. Thomas wird gleich übel werden.«
»Achtung auf Ihren Schirm, Mrs. Arthur!«
»Haltet ihm den Kopf!«
Die letzte Trambahn rumpelte heimwärts. Ich hatte den Penny Fahrgeld nicht mehr. »Hier aussteigen – aber Vorsicht!« Der sich drehende Hügel, der zu meinem Elternhaus hinaufführte, ragte bis in den Himmel. Niemand war wach. Ich kroch in ein schlingerndes Bett, und die Seen auf der Wandtapete fluteten auf mich zu und schluckten mich auf.

Der Sonntag war ein ruhiger Tag, obwohl die Glocken der eine Meile entfernten Marienkirche noch lange nach der üblichen Gottesdienstzeit weiterhallten in meinem hohlen Kopf. Mit dem festen Vorsatz, nie wieder einen Schluck zu trinken, lag ich bis zum Mittagessen im Bett und dachte wieder und wieder an die schwankenden Gestalten und fernen Stimmen der Stadt um zehn Uhr abends. Ich las die Zeitung. Alle Nachrichten waren heute schlecht, aber ein Artikel, überschrieben ›Unser Herr hat die Blumen geliebt‹ rührte mich zu Tränen der Verwirrung und Zerknirschung. Ich bat, mich für den Sonntagsbraten mitsamt den drei Gemüsebeilagen zu entschuldigen.
Nachmittags, im Park, saß ich ganz allein in der Nähe des verlassenen Musikpavillons. Ich fing eine weggeworfene Papierkugel ab, die der Wind über den Kiesweg vor sich her rollte, streifte sie überm Knie glatt und kritzelte die ersten drei

Zeilen eines Gedichtes drauf, ohne viel Hoffnung auf Gelingen. Ein Hund beschnüffelte mich, wie ich so übers Papier gebeugt saß hinter einem kahlen Baum in der Kälte, und rieb sich die Schnauze an meiner Hand. »Bist mein einziger Freund auf der Welt«, sagte ich. Er blieb lange bei mir bis zur frühen Abenddämmerung, schnüffelnd und sich kratzend.

Am Montagmorgen, von Scham und Widerwillen erfüllt und auch voll Angst, das Ganze nochmals zu lesen, zerriß ich den Artikel und das Gedicht, warf die Papierschnitzel ganz oben auf den Kleiderschrank und sagte in der Trambahn auf dem Weg zur Redaktion zu Leslie Bird: »Am Samstag hättest du dabei sein sollen – du lieber Himmel!«

Früh am Dienstagabend, dem Weihnachtsabend, betrat ich, eine gepumpte Halfcrown in der Tasche, das Hinterzimmer des ›Fishguard‹. Außer Jack Stiff war niemand da. Die Bank, auf der die Weiber gesessen waren, war mit Zeitungsbögen bedeckt. Ein Bündel Ballons hing von der Lampe.

»Gesundheit!«

»Fröhliche Weihnachten!«

»Wo ist Mrs. Prothero?«

Seine Hand war jetzt bandagiert. »Oh – Sie wissen noch nicht? Sie hat die Kollekte zur Gänze versoffen. Hat das Geld mitgenommen über die Brücke zum ›Hearts Delight‹. Bei keinem der alten Weiber hat sie sich sehen lassen. 's war mehr als ein Pfund, alles zusammen. Davon war schon ein großer Teil weg, bevor sie draufgekommen sind, daß ihre Tochter gar nicht gestorben war. Und da hat sie ihnen dann nicht mehr in die Augen sehen können. Trinken Sie den da mit mir. So hat sie alles vollends durchgebracht bis zur Sperrstunde am Montag. Dann haben ein paar Kerle von den Bananenschiffen sie über die Brücke gehen sehn, aber nur bis zur Mitte. Als sie hinkamen, war es schon zu spät.«

»Fröhliche Weihnachten.«

»Jetzt haben wir ein Paar Sportschuhe an unserm Vereinsbrett hängen.«

Keine von den Freundinnen der alten Garbo schaute herein in jener Nacht.
Als ich, lange Zeit danach, diese Story Mr. Farr zeigte, sagte er: »Sie haben das alles durcheinandergebracht – haben die Leute verwechselt. Der Junge mit dem Kopftuch tanzte im ›Jersey‹. Im ›Fishguard‹ hat Fred Jones gesungen. Ist ja egal. Kommen Sie mit, heben wir einen heut' abend im ›Nelson‹! Dort gibt's ein Mädchen, die zeigt Ihnen, wo der Matrose sie hineingebissen hat. Und einen Polizisten, der hat noch Jack Johnson gekannt.«
»Die werd ich alle noch unterbringen – in einer Geschichte«, sagte ich.
»Nach und nach.«

An einem schwülen Samstag

Der junge Mann im Matrosenjersey, der in der Nähe der Badehütten saß, um die braunen und bleichen Frauen herauskommen zu sehen und die Gruppen von hübschen Mädchen mit dem bleichen, v-förmigen Fleck und den sonnenverbrannten Rücken, die Mädchen, die mit häßlichen, rotzehigen Füßen auf den spitzen Steinen behutsam ihren Weg zum Wasser suchten – der junge Mann im Matrosenjersey zeichnete eine große, von Begehrlichkeit diktierte Frauengestalt in den Sand, und ein nacktes, kleines Mädchen, direkt aus dem Meer, rannte darüber, schüttelte das Wasser ab und markierte die Zeichnung mit zwei großen, nassen Augen und einem Loch in der Mitte durch ihren Fußabdruck. Der junge Mann strich den Sand wieder glatt und zeichnete einen schmerbäuchigen Mann; das kleine Mädchen lief darüber, schüttelte sein Haar und damit eine Knopfreihe auf den gezeichneten Wanst, die wie das Pinkeln auf einer Kinderzeichnung als Tropfenlinie zwischen den langen, mit Muschelschalen besteckten Beinen weiterlief.
Inmitten des Trubels von Frauen beim Picknick und deren Kindern, die sich schlaff und stumm im Sand rekelten unter der brütenden Sonne, oder sich aufregten über die Zeitungsjungen oder Sandburgen bauten, die schon im nächsten Moment ausgetilgt waren von dem achtlosen Tritt anderer Picknick-Fresser auf dem Weg zu anderen Strandplätzen – inmitten der Eiscreme-Schreie, des ärgerlichen und glücklichen Gebrülls von Buben beim Ballspiel, des Kreischens der Mädchen, wenn die See ihnen bis an die Hüften stieg – inmitten alles dessen saß der junge Mann für sich allein, einzig die Schatten seines Versagens neben sich. Ein paar stumme Ehemänner, mit aufgekrempelten Hosen und baumelnden Hosenträgern, planschten bedächtig am Rande des Meers. Weiber warteten in dicken, schwarzen Picknick-Kleidern im

Wasser und belachten die eigenen Beine, Hunde jagten nach geworfenen Steinen, und ein stolzgeschwellter Junge ritt auf einem Gummiseehund übers Wasser. Der junge Mann, in seiner Abgesondertheit, sah den freien Samstagnachmittag vor sich, sah ihn zu Ende gehen, falsch und nett und hübsch – ein plattes Abziehbild unter der vulgären Sonne; all die Familien da, wie sie sich vergnügten mit Papiertüten, Eimern und Schaufeln, Sonnenschirmen und Flaschen, die glücklichen, erhitzten oder schmerzlich seufzenden Mädchen mit ihren gegen Sonnenbrand eingeriebenen Rücken, die bronzefarbnen jungen Männer mit ihren zur Schau getragenen Brustkörben, und die neidvollen, bleichen in ihren Gilets, die dünnen, haarigen, kläglichen Beine der Ehemänner, wie sie da so still im Wasser wateten, die gedrungenen, kraushaarigen oder kahlgeschorenen Kinder, wie sie sich in ihrem sinnlosen Tun unwiederholbarer Freude in den verschmutzten Sand kauerten – all das, so dachte er theatralisch in seiner Isoliertheit, gemahnt ihn an längstvergangenes Schamgefühl und Selbstmitleid; Außenseiter den ganzen freien Tag, ein junger Mann, auf ewig verdammt zum Gesellschafter seiner eigenen Launen und Grillen, ausgeschlossen von aller hochgemuten, ordinären, schwitzenden, sonnengeweckten, kraftgeschwellten Stupidität des sommerlichen Fleisches an einem Tag auf einer Welt im Freien – fing er den Ball auf, den ein kleiner Junge mit dem Blechschläger in die Luft geschnellt hatte, und erhob sich, um ihn zurückzuwerfen.

Der Junge lud ihn zum Mitspielen ein. Eine freundliche Familie stand abwartend abseits: die windzerzausten Frauen mit ihren in die Unterhosen gestopften Kleidern, die barfüßigen, hemdsärmeligen Männer, eine Anzahl Kinder in Badehosen oder abgeschnittenem Unterzeug. Erbittert zielte er nach einem Vater, der mit einem Schläger vor einem durch Hüte markierten Tor stand. »Der einsame Wolf beim Ballspiel«, sagte er sich, als der Schläger des andern davonwirbelte. Als er dem Ball in Richtung Meer nachjagte, unter Winken an sich ausziehenden Weibern vorbeistürzte, über eine Sandburg stolperte, mitten hinein in ein Gewirr aus nassen, sich aalenden Gören, beim Herausfischen des Balls sich die Schuhe durchweichte, fühlte er sich plötzlich wieder glücklich im Auftrumpfen seines Körpers und schrie »Obacht, da kommt ein Scharfer!« der Mutter hinter den Hüten zu. Der Ball traf einen der Buben mitten auf den Kopf. In und neben die verstreut gelagerten Familien, zwischen belegte Brote und abgelegte Kleider, zwischen Onkels und Mütter schlug der aufhüpfende Ball. Ein glatzköpfiger Mann mit heraushängendem Hemd prellte ihn in die falsche Richtung, und ein Collie schnappte ihn sich und sprang damit ins Meer. Jetzt war Mutter dran mit ihrem Schläger, und Schläger wie Ball flogen ihr über den Kopf weg. Ein Onkel mit Panamahut spielte den Ball wieder dem Hund zu, der damit außer Reichweite schwamm. Dann boten sie dem jungen Mann Sandwiches an, mit Kresse und Eiern belegt, und warmes Stout, und er und ein Onkel und ein Vater setzten sich auf die Blätter der *Evening Post*, bis das Meer an ihren Füßen leckte.

Aufs neue allein, erhitzt und unglücklich ob dieser Minute des Auftrumpfens, während derer er zwischen den fremden Leuten umhergerannt war mit einem Getöse, als wär' der Friede wie ein Ball ins Meer geschossen, schritt er auf eine Strandstelle zu, wo ein Bußprediger auf einer Kiste mit der Aufschrift ›Mr. Matthews‹ auf eine Versammlung ausdrucksloser Weiber einredete. Buben mit Blasröhrchen saßen stumm neben ihm. Ein zerlumpter Kerl ging mit aufgehaltener Kappe umher, doch nichts fiel hinein. Mr. Matthews schüttelte die kalten Hände, wütete gegen den Feiertag und verfluchte den Sommer von der splitternden Kiste herab. Er forderte eine neue Warmherzigkeit. Die heiße Sonne brannte ihm bis auf die Knochen, und er knöpfte seinen Mantelkragen zu. Valley-Kinder mit eingesunkenen, schamlosen Augen, flinken Zungen und singenden Stimmen, die Körper spindeldürr, drängten sich um die Kasperlbühne und das ›Stop mich‹-Dreiradspiel, und er machte einen Bogen darum. Er hatte was gegen die Gören in ihrer Unterwäsche, wie sie sich da kämmten und

Puder auflegten, und auch die gesitteten Mädchen, die sich geschickt hinter schirmenden Handtüchern ankleideten, waren ihm zuwider.

Als Mr. Matthews herzog über die Hurenstadt; als er die nacktbäuchigen Buben verscheuchte, die um den Eismann tanzten; als er die sonnenverbrannten Schenkel der Mädchen mit seinem schwarzen Überrock verhüllte und schrie: »Nieder! Nieder! Die Nacht ist über uns!« –, stand der junge Mann in aller Niedergeschlagenheit da, schon bis an die Schultern im Schatten, und dachte an Porthcawls Coney Beach, wo seine Freunde jetzt mit Mädchen herumschwangen auf der schrägen, rotierenden Riesenscheibe, oder hinuntersausten durch den Skelett-Tunnel der Geisterbahn. Leslie Bird hatte jetzt die Arme voll Kokosnüsse. Brenda war mit Herbert an der Schießbude. Gil Morris bestellte gerade im ›Esplanade‹ seiner Molly einen Cocktail mit Kirsche. Er aber stand hier, hörte Mr. Matthews zu, dem bekehrten Säufer, der die Finsternis herabbeschwor auf den abendlichen Strand, und das Geld brannte ihm in der Tasche, und der Samstag brannte langsam aus.

In seiner Verlassenheit hatte er ihre Einladungen ausgeschlagen. Herbert, in seinem niedrigen, roten Sportwagen, das G. B. auf dem Heck und eine meerumspülte Wassernixe auf dem Kühler, war zuhause vorbeigekommen, aber unser junger Mann hatte gesagt: »Ich bin nicht in Stimmung, Alter. Ich habe vor, einen geruhsamen Tag zu verbringen. Laßt euch's gut gehn – aber trinkt nicht zuviel über den Durst!« Während er nur noch das Untergehen der Sonne abwartete, stand er in dem trübseligen Kreis mit den freudlosen Frauen, die an ihrem Propheten vorbei auf einen Punkt im Himmel starrten, und wünschte sich den Morgen zurück. Junge, Junge, jetzt sein Geld an den Buden und Ständen des Rummelplatzes verschleudern, in der chromblitzenden Halle mit 'nem Schnaps für Einssechs und einer türkischen Zigarette sitzen, den Mädchen den neuesten Witz erzählen, durch die Palmen im Hallenfenster nach der Sonne schauen, wie sie über der Promenade untergeht über den Rollstühlen, den Krüppeln und Witwen, den Weekendweibern mit Strandanzügen und Kopftüchern, den flotten, vom Küssen zerzausten Mädchen mit ihren miesen, bebrillten Begleitern, den harmlos-angeberischen, lauten, ungezogenen Buben und den Hunden-bei-Fuß und den radelnden Süßwarenmännern! Ronald war auf der *Lady Moira* nach Ilfracombe gesegelt und kippte sich jetzt wohl einen um den anderen hinter die Binde im vollgepferchten Saloon, mit einer Schar Freunde aus Brynhyfryd, ohne einen Gedanken daran, daß daheim am Strand sein Freund allein war und abstinent noch um sechs Uhr abends, und der Abend so leblos wie eine Kirche. Alle Freunde hatten sich in ihr Vergnügen gestürzt – waren weg.

Er dachte: Dichter leben auf Schritt und Tritt mit ihren Gedichten; ein Mann mit Visionen braucht keine andre Gesellschaft; der Samstag ist ein gemeiner Tag; ich muß nach Haus, mich in meine Schlafkammer setzen, neben den Boiler. Aber er war kein Dichter auf Schritt und Tritt, er war ein junger Mensch in einer Hafenstadt an einem schwülen Bankfeiertag und hatte zwei Pfund in der Tasche; er hatte keine Visionen, nur die zwei Pfund und einen schmächtigen Körper mit den Füßen im verunreinigten Sand; Abgeklärtheit – das war was für alte Herren.So ging er davon, über die Bahnübergänge und weiter zu der Straße mit den toten Trambahngleisen.

Er knurrte die Blumenuhr an in Victoria Gardens.

»Und was wird unser junger Tugendbold jetzt machen?« sprach er laut vor sich hin, so daß eine junge Frau auf der Bank gegenüber dem weißgekachelten Pissoir aufblickte und lächelnd ihren Roman sinken ließ.

Sie trug ihr kastanienbraunes Haar auf altmodische Weise hochfrisiert, in losen Locken und am Hinterkopf geknotet, und eine weiße Woolworth-Rose steckte darin und neigte sich fast bis ans Ohr. Die junge Frau trug ein weißes Kleid mit einer an die Brust gesteckten roten Papierblume und Ringe und Armbänder wie von der Jahrmarktsbude. Ihre Augen waren schmal und ganz grün.

Er registrierte, sorgsam und kühl auf einen einzigen Blick, all die ungewöhnlichen Details ihrer Erscheinung: die ruhige, unverstörte Selbstgewißheit unter seinem von Kopf bis Fuß abschätzenden Blick, das arglose Wissen in ihrem Lächeln und die Haltung ihres Kopfes, die sie in all ihrer Sanftheit und zugänglichen Fremdheit absicherten gegen jederlei rüde Anpöbelung oder zudringliche Blicke – und das machte ihm die Finger zittern. Wiewohl ihr Kleid lang war und hochgeschlossen, hätte sie genau so gut nackt auf jener schäbigen Bank sitzen können: ihr Lächeln allein entblößte ihm einen Körper, der ohne Makel war und willens und warm unterm Gewebe des Kleids, und sie wartete ohne Arg.

Wie schön sie ist, dachte er, nach Worten suchend und den Blick auf ihr Haar gerichtet und die rote und weiße Haut – wie wunderschön sie da wartet auf mich, obwohl sie gar nicht weiß, daß sie wartet, und ich's ihr nicht sagen kann.

Er war stehengeblieben und starrte sie an. Wie ein vertrautes Mädchen vor einer Kamera saß sie und lächelte, die Hände zusammengelegt, den Kopf leicht zur Seite geneigt, so daß die Rose ihren Hals berührte. Sie akzeptierte seinen bewundernden Blick. Dies eine Mädchen unter Millionen nahm seinen langen Blick in sich auf und ermunterte seine törichte Liebe.

Mücken flogen ihm in den Mund. Schamerfüllt eilte er weiter. Am Tor zu den Gardens wandte er sich, um die Fremde zum letzten Mal auf Erden wiederzusehen. Sie hatte ihre Gelassenheit verloren bei seinem abrupt-linkischen Weggehn und starrte verwirrt hinter ihm her. Die eine Hand war halb erhoben, als wollt' sie ihn zurückwinken. Wenn er jetzt innehielte – sie würde ihn zurückrufen! Er bog um die Ecke und hörte ihre Stimme, nein, hundert Stimmen, doch alle die ihren, seinen Namen rufen und hundert Namen, doch alle die seinen, herüber über die trennenden Wände aus Strauchwerk.

Und was wird der aufgeschreckte Tugendbold, der liebestolle junge Mann als nächstes tun? fragte er sein Spiegelbild vor dem Zerrspiegel des leeren Victoria-Saloon. Sein affenhaftes, in die Länge gezogenes Gesicht, mit ›Bass‹ quer über die Stirn, gab ein zersprungenes, höhnisches Grinsen zur Antwort.

»Wenn man mir jetzt die Venus hereinbrächt' auf einem Tablett«, sagten die zwei roten, an Melonenschnitten erinnernden Lippen, »ich würde Essig verlangen zum Drübergießen.«

»Sie könnte mir meine Schuldgefühle nehmen; könnte meine Befleckung fortschmeicheln. Warum bin ich nicht geblieben, um mit ihr zu reden?« fragte er.

»Hast eine überdrehte Hure gesehn in einem Park«, antwortete sein Spiegelbild. »Sie war ein Kind der Natur, du lieber Gott! Die Tautropfen in ihrem Haar hast du wohl auch gesehn? Hör auf, in den Spiegel zu quatschen wie ein Mann in der Illustrierten, dich kenn' ich *zu* gut!«

Ein neuer Kopf, gedunsen und mit Hängebacken, schob sich hinter seiner Schulter ins Bild. Er fuhr herum und hörte den Barmann sagen:

»Ist dir die Herzallerliebste davon? Schaust ja aus wie 'ne aufgewärmte Leiche! Da, nimm das da, auf Kosten des Hauses. Freibier heute, Bankfeiertag.«

Er zog den Bierhahn. »Hier wird nur vom Besten ausgeschenkt, bloß ein bißchen überständig. Schaust komisch aus der Wäsche«, sagte er, »als einziger vom Wrack gerettet als gerettetes Wrack. Das schaut dich an!« Er trank das Bier, das er abgezapft hatte.

»Kann ich bitte ein Glas Bier bekommen?«

»Na, was sonst hast du geglaubt in einem Schanklokal?«

Auf dem polierten Tisch in der Mitte des Saloons zeichnete der junge Mann mit dem in Starkbier getauchten Finger den runden Kopf eines Mädchens und häufte den gelben Bierschaum als Frisur darüber.

»Ah – dreckig, dreckig!« sagte der Barmann, lief hinterm Schanktisch hervor und rieb den Kopf mit einem trockenen Lappen vom Tisch.

Seine Schweinerei mit dem Hut verdeckend, schrieb der junge Mann seinen Namen an den Rand der Tischplatte und sah zu, wie sich die Buchstaben beim Trocknen in Nichts auflösten.

Durch das zur Bucht hinaus offene Fenster, über die nicht mehr befahrene, vom Sand überwehte Bahnlinie hinweg, sah er die Badenden als schwarze Pünktchen, sah die gebrechlichen Hütten, die hüpfenden Zwerge rund um das Kasperltheater und auch den winzigen Kreis der Gläubigen. Seit er dort draußen spazierengegangen war, ja Ball gespielt hatte in der übervölkerten Ödnis, und seine Verzweiflung beschönigt, nach Geselligkeit gesucht hatte, obwohl er sie gar nicht wollte, hatte er sein eigenes, wahres Glück gefunden und es schon wieder verloren in der nächsten halben Minute unbeholfener Verwirrung, genau bei dem Schild »Für Herren« und der Blumenuhr. Älter und weiser, wenngleich um nichts besser geworden, hätt' er jetzt gern in den Spiegel gesehen, ob jene schon wieder verlorne Entdeckung sich niedergeschlagen habe als Schatten unter den Augen oder als Falten um den Mund – hätte er nicht die Antwort seines verzerrten Spiegelbilds schon vorausgewußt.

Der Barmann kam und setzte sich zu ihm und sagte mit geheuchelter Teilnahme: »Na, jetzt erzähl mir mal alles wie's war. Ich bin ein regelrechtes Magazin für Geheimnisse.«

»Da gibt's nichts weiter zu erzählen. Hab' ein Mädchen gesehn in Victoria Gardens und war zu schüchtern, sie anzusprechen. Sie war ein Prachtstück von Weib, so wahr mir Gott helfe!«

Beschämt ob seines Wunsches, gesellig zu tun auch noch am Tiefpunkt seiner verzweifelten Liebe, mit jenem stillen Gesicht vor Augen und dem Lächeln, das ihm in der Mißbilligung schon wieder vergab, was er da redete, entweihte der junge Mann sein Mädchen auf der Bank, zerrte sie hinunter in die Spucke und die Sägespäne des Fußbodens und putzte sie wieder heraus, bis der Barmann sagte:

»Mir sind die Dicken lieber. Einmal Bessy rundum, dann das

Gaswerk rundum. Ich hab die Chance meines Lebens genauso vertan. Fünfzig Schönheiten grob geschätzt, und ich hätt' meinen Bunsenbrenner daheim lassen können.«

»Noch einmal dasselbe, bitte.«

»Du meinst, das gleiche.«

Der Barmann zapfte ein Glas Bier, trank es und zapfte ein weiteres. »Ich nehm' immer eins mit der Kundschaft«, sagte er. »Das hilft beim sich Aussprechen. Jetzt sind wir zwei beide schon Zwei Junggesellen mit gebrochenem Herzen.« Er setzte sich wieder.

»Kannst mir gar nichts erzählen, was ich nicht schon wüßte«, sagte er. »Ich hab' hier in dieser Bar schon gute zwei Dutzend Tänzerinnen des ›Empire‹ gesehen, sternhagelvoll wie die Drucker! Oh, diese Girls! Diese Schenkel!«

»Kommen sie heut' abend auch?«

»Diese Woche ist da nur ein Kerl, der 'ne Frau in zwei Teile zersägt.«

»Heben Sie mir die eine Hälfte auf!«

Ein Betrunkener wankte herein, bemüht, die Richtung zu halten, und der Barmann, in verständnisvollem Mitgefühl, schwankte gleichfalls durch den Raum und stellte eine Halbe vor den neuen Gast. »Freibier heute«, sagte er. »Bankfeiertag. Sind wohl draußen in der Sonne gewesen?«

»Den ganzen Tag draußen in der Sonne«, sagte der Mann.

»Ja, das hab' ich mir gedacht, Sie schauen so sonnverbrannt aus.«

»Kommt alles vom Saufen«, sagte der Mann. »Gesoffen hab' ich.«

Der Feiertag zieht sich zu Ende, flüsterte der junge Mann in sein Glas. Leb wohl, Blackbird, der Augenblick ist unwiederbringlich dahin, dachte er, indem er mit einem Interesse, das er sich nicht verzieh, die lustig kolorierten Postkarten betrachtete, Strandweiber mit Riesenärschen und Pantoffelhelden mit Spindelbeinen und einem Fernrohr vorm Auge, die an die Wand geklebt waren unter das Bild eines Stout schlappernden Terriers; und jetzt, in Gesellschaft eines angeheiterten Barmanns und eines Volltrunkenen mit zerknautschter Kappe, spülte er den verpfuschten Tag hinunter. Er schob den Hut in die Stirn, und eine Haarlocke, die unterm Hutrand hervorhing, kitzelte ihn am Auge. Er sah mit dem stechenden Blick eines Fremden, dem nicht die kleinste Nuance des schiefen Grinsens, dem nicht die leiseste Geste entging, welche da die Form seines Tods in die Luft malte, einen wirrhaarigen jungen Mann vor sich, der in der Ecke eines verkommenen Gastzimmers in die hohle Hand hustete und den Rauch seiner giftigen ›Weight‹ von sich blies.

Aber als der Betrunkene hartnäckigen Fußes auf ihn zuschwankte, seine Würde hochhaltend wie ein Mann sein Glas auf dem Deck eines schlingernden Schiffs, und als der Barmann hinterm Ausschank klapperte und pfiff und sich ein weiteres Bier eingoß, schüttelte er die verlogene, heimliche Theatralik mit hochrotem Kopf und verächtlicher Grimasse ab, glättete seinen traurigen Hut zum steifkrempigen Filz und gab dem geheuchelten Fremden den Laufpaß. Im sicheren Zentrum seines wahren Selbst, die vertraute Welt gleich einer zweiten Haut um sich, saß er traurig und zufrieden in dem häßlichen Raum dieses verwahrlosten Hotels am Ende der Bucht, bis zu dem sich die schäbige Stadt ausdehnte und wo alles und jedes vor sich gehen konnte. Er brauchte sie nicht, die düstere Innenwelt, wenn Tawe ihn erdrückte, wenn die überspannt ordentlichen Leute aus ihren Behausungen barsten unter Gelärm und in buntfarbigem Gewirr – heraus aus ihren schamlosen Häusern, den Fabriken, den Avenuen, den strahlenden Geschäftslokalen und den gotteslästerlichen Kirchen, den Kopfstationen und den Versammlungshallen, aus den herbstlichen Alleen und ziegelummauerten Gassen, aus den Gewölben und Unterschlupfen und Löchern hinter den Bauplanken und Bretterzäunen, heraus aus der gemeinen, zügellosen Intelligenz der Stadt.

Jetzt hatte der Betrunkene ihn doch noch erreicht. »Leg deine Hand da drauf«, sagte er und drehte sich herum und klopfte sich auf den Hintern.

Der Barmann stieß einen Pfiff aus und erhob sich hinter seinem Glas, um zu sehen, wie der junge Mann dem betrunkenen Mann den Hosenboden befingerte.
»Was spürst du da?«
»Nichts.«
»Stimmt genau. Nichts. Nichts. Da gibt's nichts mehr zu spüren.«
»Wie können Sie dann drauf sitzen?« fragte der Barmann.
»Ich sitz' grad noch auf dem, was der Doktor drangelassen hat«, sagte der Mann gereizt. »Ich hab' meinen Hintern mit auf die Welt gekriegt so gut wie Sie auch. Ich hab' in den Gruben von Dowlais gearbeitet, und dann war plötzlich das Ende der Welt da – alles auf mich herunter. Und wissen Sie, was ich gekriegt hab' für meinen verlorenen Hintern? Vier und drei! Macht zwei Shilling und drei Ha'pence die Backe! Noch Schweinefleisch ist teurer.«
Das Mädchen aus den Victoria Gardens betrat die Bar mit zwei Freundinnen: einer jungen Blondine, fast so hübsch wie sie selber, und einer Frau mittleren Alters, die auf jung zurechtgemacht war. Alle drei setzten sich an den Tisch. Das Mädchen, das er liebte, bestellte drei Porters mit Gin.
»Herrliches Wetter heute, nicht?« sagte die Frau in mittleren Jahren.
Darauf der Barmann: »Massenhaft blauer Himmel draußen.« Unter vielem Dienern und grinsendem Getue stellte er die Getränke vor sie hin. »Hab' schon geglaubt, die Prinzessinnen haben heut' ein besseres Lokal mit ihrer Anwesenheit beehrt«, sagte er.
»Was wär' denn ein besseres Lokal ohne dich, Hübscher?« sagte das blonde Mädchen.
»Das hier ist das ›Ritz‹ und das ›Savoy‹ in einem, nicht wahr, *Garçon-Liebling?«* fragte das Mädchen aus den Gardens und warf ihm eine Kußhand zu.
Der junge Mann am Fensterplatz, noch immer ganz verwirrt von dem ersten plötzlichen Anblick bei ihrem Eintritt in den dämmrigen Raum, bezog die Kußhand auf sich und errötete.

Er dachte daran, auf und davon zu rennen, hinaus und durch die wunderwirkenden Gardens, dann in sein Haus zu stürzen und den Kopf im Bettzeug zu vergraben und die ganze Nacht so zu liegen, angezogen und bebend, ihre Stimme im Ohr, ihre grünen Augen hellwach unter seinen geschlossenen Lidern. Aber nur ein enttäuschter Junge mit aufgeputschtem Blut würde vor seiner echten Liebe flüchten in einen Traum, sich aufs Bett werfen in einer Schlafkammer, die voll war von seiner Befleckung, und in die weichen, fetten Brüste und Wangen seiner bettheißen Kissen schluchzen. Er dachte an sein Alter und seine Gedichte und bewegte sich nicht.

»Tausend Dank, Lou«, sagte der Barmann.

Also Lou war ihr Name, Louise, Louisa! Sie mußte spanischer oder französischer Abkunft sein oder eine Zigeunerin, aber er kannte die Straße, in der ihre Stimme zuhaus war: er wußte, wo ihre Freunde wohnten, kannte das Auf und Ab ihrer grellen Stimmen, und die Frau in mittleren Jahren hieß Mrs. Emerald Franklin. Man konnte sie Nacht für Nacht in der ›Judenharfe‹ antreffen, wo sie trank, herumäugte und auf die Uhrzeit achtete.

»Wir haben am Strand Matthews' Höllenfeuerpredigt gehört. Nieder mit diesem und nieder mit jenem, und früher hat er schon vorm Frühstück eine Halbe Irisches getrunken«, sagte Mrs. Franklin. »Oh, der hat vielleicht Nerven!«

»Und immer ein Auge aufs junge Gemüse«, sagte die Blondine. »Ich würd' ihm weniger über den Weg trauen als dem Ramon Navarro dort hinter dem Schanktisch!«

»Hört, hört! Da hab' ich ja Karriere gemacht in der Welt! Letzte Woche war ich noch Charley Chase«, sagte der Barmann.

Mrs. Franklin hob ihr leeres Glas mit behandschuhter Hand und schwang es wie eine Glocke. »Die Männer sind alle Betrüger«, sagte sie. »Und auch noch der Ruin ihrer Mütter!«

»Speziell Mr. Franklin«, sagte der Barmann.

»Aber da ist schon was dran, was der Prediger sagt«, meinte Mrs. Franklin, »über den Lebenswandel und so. Wenn du 'n

Verdauungsspaziergang machst, nach der Sperrstunde am Strand, das ist schon so viel wie Sodom und Gomorrha.«
Das blonde Mädchen lachte. »Nehmt nur mal Mrs. Grundy! Hab' sie mit 'nem Schwarzen schmusen gesehen, letzten Mittwoch am Museum.«
»Das war ein Inder«, sagte Mrs. Franklin, »von der Hochschule, und ich wäre dir dankbar, das in Rechnung zu stellen. Alle Menschen sind Brüder, ob schwarz oder weiß, obwohl es in meiner Verwandtschaft kein Negerblut gibt.«
»Ach du lieber Himmel!« sagte Lou. »Hör auf damit, das ist die Liebe! Heut' ist mein Geburtstag, und ein Feiertag dazu! Macht ihn ein bißchen lustiger! Miau, miau! Marjorie, gib Emerald einen Kuß und seid lieb zueinander!« Sie lächelte, ja lachte beiden zu. Sie blinzelte nach dem Barmann, der die Gläser bis an den Rand füllte. »Auf deine blauen Augen, *Garçon*!« Den jungen Mann in der Ecke hatte sie noch nicht bemerkt. »Und einen für den Opa dort«, sagte sie, indem sie dem trunken schwankenden Mann ein Lächeln schenkte. »Er ist auf den Tag Einundzwanzig heute! Schau – jetzt hab' ich ihn zum Lächeln gebracht!«
Der Betrunkene machte eine tiefe, gewagte Verbeugung, lüftete den Hut, taumelte gegen den Kaminsims, und das volle Halbe in seiner freien Hand blieb so unerschüttert wie ein Felsen. »Auf das hübscheste Mädchen in Carmarthenshire«, sagte er.
»Das hier ist Glamorganshire, Papi!« sagte sie. »Wo hast du nur deine Geographie gelassen? Schaut hin, wie er herumwalzt! Obacht auf eure Gläser! Jetzt hat er's eilig wie aufs Klo – los, noch schneller! Und jetzt einen Charleston!«
Der Betrunkene, der sein Halbes noch immer hochhielt, tanzte weiter bis zum Umfallen, verschüttete aber die ganze Zeit keinen Tropfen. Jetzt lag er zu Lous Füßen auf dem staubbedeckten Boden und grinste zu ihr auf voll Vertraulichkeit und Sympathie. »Bin hingefallen«, sagte er. »Hab' einmal tanzen können wie'n Wilder, als ich noch meinen Arsch gehabt hab'!«

»Er hat seinen Hintern beim Jüngsten Gericht verloren«, erklärte der Barmann.
»*Wann* hat er seinen Hintern verloren?« fragte Mrs. Franklin.
»Als der Erzengel Gabriel es mal tuten hat lassen, drunten in Dowlais.«
»Sie wollen mich wohl auf den Arm nehmen?«
»Aber liebend gern, Mrs. Em! He, Sie, auf da und aufhören mit ihrer Kotzerei!«
Der Mann wedelte mit dem ihm verbliebenen Steiß wie mit einem Schweif und stieß Knurrlaute aus zu Lous Füßen.
»Leg den Kopf auf meinen Fuß – und schön brav sein! Laß ihn da liegen«, sagte sie.
Er war im Augenblick eingeschlafen.
»Ich kann keine Besoffenen brauchen hier im Lokal.«
»Dann wissen Sie ja, wohin Sie sich zu wenden haben.«
»Grau-same Mrs. Franklin!«
»Los, kümmern Sie sich ums Geschäft! Bringen Sie dem jungen Mann in der Ecke was zu trinken, die Zunge hängt ihm aus dem Hals.«
»Grau-same Lady!«
Sobald Mrs. Franklin die Aufmerksamkeit auf den jungen Mann gelenkt hatte, spähte Lou kurzsichtig durch den Saloon und sah ihn, wie er mit dem Rücken zum Fenster dasaß.
»Ich werd' noch ein paar Gläser brauchen«, sagte sie.
»Sie werden noch haufenweis' haben, bevor die Nacht um ist.«
»Nein, im Ernst, Marjorie, ich hab' nicht gewußt, daß da noch jemand ist. Bitte um Vergebung, du dort in der Ecke«, sagte sie.
Der Barmann drehte das Licht an. »Ein bißchen *lux in tenebris.*«
»Oh!« sagte Lou.
Der junge Mann wagte keine Bewegung, aus Angst, er könnte ihren langen forschenden Blick unterbrechen, diese Bezauberung, die wie eine einzige Linie aus Licht zwischen

ihnen schimmerte, oder sie gar zum Sprechen aufstören; und er verbarg nicht die Liebe in seinen Augen, denn das Mädchen konnte sie durchdringen mit derselben Leichtigkeit, mit der sie ihm das Herz in der Brust pochen und schlagen machte, viel lauter als das zungenfertige Geschwätz ihrer zwei Kumpaninnen, das Klirren und Klappern der Gläser hinter dem Ausschank, wo der Barmann spuckte und auf Hochglanz polierte und sich nichts entgehen ließ, und lauter auch als die Schnarchlaute des behaglichen Schläfers. Nichts kann mich treffen. Laß doch den Barmann spotten, kicher' du nur in dein Glas, gute Em! Die ganze Welt soll es wissen, ich bin mitten im Glück, ich starre dich an, Lou, wie ein Narr starr' ich dich an, sie ist mein Mädel, sie ist meine Einzige, Reine! Oh Liebe, oh Liebe! Sie ist keine Dame mit ihrer singenden Tontine-Stimme, und sie kann saufen wie ein Tiefseetaucher. Dennoch, Lou, ich gehör' dir und du gehörst mir! Er wollte jetzt nicht an ihre Stille denken, nicht ihre Schönheit mit Worten zerpflücken. Unter Sonne wie Mond war sie nichts als sein eigen. Ohne jede Beschämung und voller Gewißheit lächelte er ihr zu. Und obwohl er auf alles gefaßt war, machte ihr Antwortlächeln seine Finger aufs neue erbeben – so, wie sie gezittert hatten in den Gardens, und trieb ihm das Blut in die Wangen und brachte sein Herz zum Jagen.

»Harold, geh, füll dem jungen Mann das Glas nach«, sagte Mrs. Franklin.

Der Barmann rührte sich nicht, den Putzlappen in der einen, das tropfende Glas in der anderen Hand.

»Wohl Wasser in die Ohren gekriegt? Nachfüllen sollst du dem jungen Mann!«

Der Barmann führte den Putzlappen an die Augen. Er schluchzte. Er wischte sich die geheuchelten Tränen aus dem Gesicht.

»Hab' geglaubt, ich wohne einer Première bei, und das hier wär' die Königliche Loge«, sagte er.

»Im Hirn hat er Wasser, nicht in den Ohren«, sagte Marjorie.

»Mir hat geträumt, das sei eine herrliche Tragikomödie, betitelt ›Liebe auf den Ersten Blick‹ oder ›Wieder ein guter Mensch auf des Lasters Pfade‹. Erster Akt – in einem Sauflokal am Meer.«

Die zwei Weiber tippten sich an die Stirn.

Lou, noch immer lächelnd, fragte: »Und wo spielt der zweite Akt?«

Ihre Stimme klang so sanft, wie er sie sich vor ihrem nervöslustigen Wortgefecht mit dem aufdringlich-vertraulichen Barmann und den billigen Weibern vorgestellt hatte. Er sah in ihr ein kluges, sanftes Mädchen, dem keine schlechte Gesellschaft Schaden tun konnte, denn ihr sanftes Wesen, entblößt bis ins Herz hinein, machte alle Einwände ihrer sinnlichen Verführer zunichte. Während ihm dies durch den Kopf ging und er ihre Sanftheit in Worte zu fassen suchte, ihnen ungläubig nachlaufend, fort aus dem realen Raum und seiner Liebe darin, wurde er plötzlich hellwach und sah ihren liebenswerten Körper sechs Schritte vor sich, nicht als ruhiges, in eine Sentenz gehülltes Herz, sondern als ein hübsches Mädchen, das man packen und festhalten mußte. Er mußte sie ganz fest an sich fesseln. Er stand auf, um zu ihr hinüberzugehen.

»Bin aufgewacht vor Beginn des Zweiten Akts«, sagte der Barmann. »Meine gute alte Mutter würd' ich verkaufen, um ihn zu sehen. Gedämpftes Licht, purpurne Divans, Seligkeit bis zur Ekstase. Là, la Cherie!«

Der junge Mann nahm am Tische Platz, direkt neben seiner Angebeteten.

Harold der Barmann, lehnte sich über den Schanktisch und hielt die Hand lauschend ans Ohr.

Der Mann auf dem Fußboden rollte im Schlaf herum, und sein Kopf lag nun im Spucknapf.

»Du hättest schon viel früher herüberkommen und dich zu mir setzen sollen«, flüsterte Lou. »Schon in den Gardens hättest du stehenbleiben und mich ansprechen sollen. Warst wohl zu schüchtern?«

»Ja, ich war zu schüchtern«, flüsterte der junge Mann.
»Flüstern ist keine Art! Ich kann kein Wort verstehen«, sagte der Barmann.
Auf ein Zeichen des jungen Mannes – ein Fingerschnalzen, das die mit Austern geschäftigen Kellner in Abendkleidung durch den riesigen Saal scheuchte – füllte der Barmann die Gläser mit Porter, Gin und Nußbraun.
»Wir trinken aber nie mit Fremden«, sagte Mrs. Franklin lachend.
»Er ist kein Fremder«, sagte Lou. »Oder doch, Jack?«
Er schmiß eine Pfundnote auf den Tisch. »Alles auf meine Rechnung!«
Der Abend, der vergangen war noch ehe er begonnen hatte, raste nun seinem Ende zu durch das Gelächter der bezaubernden Frauen, die so scharf waren wie Messer, durch die Anekdoten des Barmanns, der auf der Bühne hätte stehen sollen, und durch Lous entzücktes stummes Vor-sich-Hinlächeln an seiner Seite. Jetzt ist sie geschützt und in Sicherheit, dachte er, nach ihrem Gang, der so ungewiß war wie der meine über die einsamen Strecken des Feiertags. In dem warmen, kreiselnden Mittelpunkt waren sie einander ganz nahe, ja gleich. Die Stadt und das Meer und die letzten Spaßvögel trieben hinaus in die Dunkelheit und hatten nichts mehr mit ihnen gemein, ließen nur diesen einen erhellten Raum zurück.
Nach und nach schlurften ein paar verlorene Männer aus der Finsternis draußen in die Bar, tranken lustlos ihr Bier und entfernten sich. Mrs. Franklin, hochrot und in trippelnder Unruhe, hob ihr Glas bei jedem Abgang. Harold winkte hinterher. Marjorie zeigte ihnen ihre langen, weißen Beine.
»Niemand hat uns lieb, ausgenommen wir selber«, sagte Harold. »Soll ich zusperren und uns das Gesindel vom Leib halten?«
»Lou wartet noch auf Mr. O'Brien, aber laß dich dadurch nicht aufhalten« sagte Marjorie. »Er ist ihr Zuckerdaddy aus Old-Ireland.«
»Du liebst Mr. O'Brien?« flüsterte der junge Mann.

»Wie könnt' ich, Jack?«
Er vermeinte, Mr. O'Brien vor sich zu sehen als einen witzelnden, hochgewachsenen Kerl in mittleren Jahren, mit gewelltem, ergrauendem Haar und einem kurzgestutzten, dunklen Schnurrbart, einen blitzenden Ehering am Finger, mit Tränensäcken und wissenden Augen, unecht herausgeputzt im Fischbeinkorsett, so ein Tausendsassa aus der Gegend von Cardiff, Lous entsetzlichen Liebhaber, wie er nun angebraust kam durch die stickigen Straßen im Firmenwagen. Der junge Mann krampfte die Hand zusammen auf der mit Tod gedeckten Tischplatte und schützte das Mädchen in der warmen Stärke seiner Faust. »Noch eine Runde, auf meine Kosten«, sagte er, »los, noch eine und nicht zu wenig! Doppelte, dreifache, Mrs. Franklin ist ein bockiger Gaul.«
»Meiner Mutter Kind war nie ein bockiger Gaul.«
»Oh, Lou«, sagte er, »ich bin überglücklich mit dir!«
»Kuckuruu, kuckuruu – hört nur wie das turtelt!«
»Laß die nur turteln«, sagte Marjorie. »Ich könnt' es auch – kuckuruu!«
Der Barmann blickte verblüfft um sich. Er hob die Hände, Handflächen nach oben, und richtete den Kopf auf.
»Die Bar ist voller Vögel«, sagte er.
»Emerald legt gerade ein Ei«, sagte er, als Mrs. Franklin auf ihrem Stuhl zu rücken begann.
Alsbald war die Bar voll von Gästen. Der Betrunkene erwachte, lief hinaus und ließ seine Kappe in einer braunen Pfütze liegen. Sägespäne rieselten ihm vom Haar. Ein kleiner, alter, rundlicher und rotgesichtiger Mann setzte sich dem jungen Mann und Lou gegenüber, wie sie da Händchen hielten unterm Tisch und die Schenkel gegeneinander rieben.
»Was für eine Nacht – wie gemacht für die Liebe!« sagte der alte Mann. »In einer Nacht wie dieser hat Jessica den reichen Juden um sein Geld erleichtert und sich fortgestohlen. Ihr wißt doch, woraus das ist?«
»›*Der Kaufmann von Venedig*‹«, sagte Lou. »Aber Sie kommen aus Irland, Mr. O'Brien.«

»Ich hätte schwören mögen, Sie seien ein hochgewachsener Mann mit einem kleinen Schnurrbart«, sagte der junge Mann ernst.
»Auf welche Waffen, Mr. O'Brien?«
»Brandies im Morgengrauen, würd' ich sagen, Mrs. Franklin.«
»Ich hab' dir Mr. O'Brien überhaupt noch nicht beschrieben. Du träumst ja!« flüsterte Lou. »Oh, nähme diese Nacht doch nie ein Ende!«
»Aber nicht hier. Nicht in der Bar. In einem Zimmer mit einem breiten Bett.«
»Ein Bett in einer Bar«, sagte der alte Mann, »wenn Sie verzeihen, daß ich mitgehört habe, aber genau das hab' ich mir immer gewünscht. Denken Sie dran, Mrs. Franklin.«
Der Barmann tauchte hinterm Ausschank auf.
»Sperrstunde, Gentlemen und die andern!«
Die nüchternen Fremden machten sich unter Mrs. Franklins Gelächter auf die Beine.
Die Lichter erloschen.
»Lou – verlier mich nicht!«
»Ich hab' ja deine Hand.«
»Drück sie mit aller Kraft – tu mir weh!«
»Brich ihm das verdammte Genick«, sagte Mrs. Franklin im Finstern. »War aber nicht so gemeint.«
»Marjorie schnalzt dich auf die Hand«, drohte Marjorie. »Und jetzt raus aus der Finsternis! Harold ist ja ein richtiger Räuber im Dunkeln!«
»Und das Mädchen führt.«
»Nehmen wir jeder 'ne Flasche mit, und dann hinunter auf Lous Bude!« sagte sie.
»Die Flaschen auf meine Rechnung«, sagte Mr. O'Brien.
»Daß du mich jetzt nur nicht verlierst«, flüsterte Lou. »Halt dich an mich, Jack! Die andern werden nicht lange bleiben. Oh du lieber Herr Jesus, wenn wir beide nur ganz allein wären!«
»Werden wir denn ganz allein sein?«

»Du und ich und sonst nur der Mond.«
Mr. O'Brien machte die Saloontür auf. »Zwängt euch in den Rolls, meine Damen. Die Herren werden sich inzwischen um die Medizin kümmern.«
Der junge Mann verspürte Lous flüchtigen Kuß auf dem Mund, ehe sie Marjorie und Mrs. Franklin nach draußen folgte.
»Wie wär's, wenn wir uns die Rechnung teilten?« fragte Mr. O'Brien.
»Schaut mal, was ich da auf der Toilette gefunden hab'«, sagte der Barmann, »er ist auf dem Klositz gesessen und hat gesungen!«
Er trat hinter dem Schanktisch hervor, den Betrunkenen auf seinen Arm gestützt.
Alle miteinander pferchten sich in den Wagen.
»Zunächst einmal halten wir bei Lou!«
Der junge Mann, Knie an Knie mit Lou, sah in Betäubung die Stadt sich vorüberdrehn, die Stadt vorbeifliegen, die rauchblauen beschornsteinten und bemasteten Umrisse der stillen und untätig liegenden Docks, die Leuchtlinien der armseligen Straßen, wie sie länger und länger wurden, und die flimmernden Geschäftslokale, deren Lichter eins ums andere abgedreht wurden. Im Wagen roch es nach Parfüm, nach Puder und Fleisch. Der junge Mann stieß aus Versehen mit dem Ellbogen in Mrs. Franklins fettgepolsterte Brust. Ihre Schenkel, gleich Kissen, trugen das schaukelnde Gewicht des Betrunkenen. Er wurde hin- und hergestoßen auf einem Klumpen aus Weibern. Brüste, Beine, Bäuche, Hände berührten, wärmten ihn und raubten ihm den Atem. Weiter durch die Nacht, dem Bett von Lou entgegen, dem unglaublichen Ende des hinsterbenden Feiertags entgegen, fuhren sie an schwarzen Häusern und Brücken vorüber, eine Station ganz in einer Rauchwolke, und hinauf ging's eine stille Seitengasse mit einer schwächlichen Laterne in einem Umkreis von Geländern am oberen Ende, und dann kurvten sie auf einen Platz, wo eine hohe Mietskaserne sich erhob, umgeben von Baukränen, aufge-

stellten Leitern, Pfosten und Trägerbalken, Schubkarren, Baugerätschaft und Haufen von Ziegeln.

Sie stiegen hinauf zu Lous Zimmer über viele Fluchten düsterer, gefahrvoller Treppen. Wäsche hing über den Geländern vor den verschlossenen Türen. Mrs. Franklin, die hinter den anderen mit dem Betrunkenen allein herumfummelte, trat in einen Kübel, und eine unglückbringende schwarze Katze sprang ihr über den Fuß. Lou führte den jungen Mann an der Hand durch einen Gang, an Türen mit Namensschildern vorbei, riß ein Streichholz an und flüsterte: »Es wird nicht sehr lange dauern. Sei lieb und hab' Geduld mit Mr. O'Brien. Hier ist es. Komm als Erster herein. Sei mir willkommen, Jack!« Aufs neue küßte sie ihn auf der Schwelle ihres Zuhauses. »Dieser Kuß ist mein festes Versprechen!«

Sie drehte das Licht an, und er betrat voll Stolz zusammen mit ihr das Zimmer, ihr Zimmer, das er nun kennenlernen würde, und er sah ein breites Bett, ein Grammophon auf einem Stuhl, ein in der Ecke halbverdecktes Waschbecken, einen Gasofen mit Kochring, einen verschlossenen Geschirrschrank und ihre Photographie in einem Papprahmen auf der Kommode, an deren Schubladen die Handgriffe fehlten. Hier also schlief und aß sie. Nacht für Nacht lag sie in dem Doppelbett, bleich und lockig, und schlief auf ihrer linken Seite. Würde er auf Dauer mit ihr leben, er würd' sie nicht zum Träumen kommen lassen! Keine anderen Männer mehr durften ihr im Kopf liegen und lügen und lieben. Er spreizte die Finger auf ihrem Kopfkissen.

»Weshalb wohnst du auf der Spitze des Eiffelturms?« fragte der Barmann beim Eintreten.

»Was für 'ne Klettertour!« sagte Mr. O'Brien. »Aber ist man erst mal da, so ist es sehr hübsch und intim.«

»*Wenn* du erst mal da bist!« sagte Mrs. Franklin. »Ich bin auf den Tod erschöpft. Das alte Ekel da wiegt ja 'ne Tonne! Leg dich hin, leg dich auf den Fußboden und schlaf deinen Rausch aus! So ein altes Ekel!« sagte sie ein wenig übertrieben. »Wie heißt du denn?«

»Ernie«, sagte der Betrunkene und hob den Arm schützend vors Gesicht.

»Niemand will dir was zuleide tun, Ernie. Da, gib ihm 'nen Schluck Whisky! Vorsicht! Gieß ihn dir nicht aufs Gilet, sonst kannst du dir's am Morgen draußen auswinden. Zieh die Vorhänge zu, Lou, ich seh' den gräßlichen alten Mond da draußen!« sagte sie.

»Macht er dir blöde Gedanken im Kopf?«

»Ich hab' den Mond gern«, sagte Lou.

»Noch nie hat's einen jungen Verliebten gegeben, der den Mond nicht gerngehabt hätte.« Mr. O'Brien lächelte dem jungen Mann aufmunternd zu und tätschelte ihm die Hand. Seine eigene war rot und behaart. »Auf den ersten Blick hab' ich gesehen, daß Lou und dieser nette junge Bursche für einander geschaffen sind. Von den Augen hab' ich's den beiden abgelesen. Na und, warum denn auch nicht! Ich bin nicht so alt und so blind, daß ich die Liebe vor der eigenen Nase nicht mehr sehen könnte. Und Sie, Mrs. Franklin? Und Sie, Marjorie?«

In dem langen Schweigen holte Lou die Gläser aus dem Geschirrschrank, ganz als hätte sie Mr. O'Briens Worte nicht vernommen. Sie zog die Vorhänge zu, sperrte den Mond aus, kauerte sich auf die Kante ihres Betts, die Füße unter sich, blickte auf ihre Photographie wie auf die einer Fremden, legte die Hände zusammen wie beim ersten Zusammentreffen unter den huldigenden Blicken des jungen Mannes in den Gardens.

»Da muß ein Engel durchs Zimmer schweben«, sagte Mr. O'Brien. »So was von Stille! Hab' ich was Ungehöriges gesagt? Trinkt und seid lustig, schon morgen sind wir tot! Was glaubt ihr, wofür ich diese so herrlich schimmernden Flaschen gekauft habe?«

Die Flaschen wurden geöffnet, die leergetrunkenen auf dem Kaminsims aneinandergereiht. Der Whisky lief nur so hinunter. Harold der Barmann und Marjorie mit hochgezogenem Kleid saßen zusammen in dem einzigen Lehnstuhl. Mrs.

Franklin, Ernies Kopf im Schoß, sang mit wohltönend-geübter Altstimme *›Des Schäfers Liebste‹*. Mr. O'Brien klopfte mit dem Fuß den Takt dazu.

Ich wünsch' mir Lou in *meinen* Armen, sagte der junge Mann zu sich, während er dem lächelnden Mr. O'Brien beim Abtappen seiner Lou zusah und der Barmann Marjorie tief hinunterzog. Mrs. Franklins Stimme tönte voll Wohllaut in dem kleinen Schlafzimmer, wo er und Lou eigentlich ganz allein hätten liegen müssen in dem weißen Bett, ohne jede grinsende Gesellschaft, die ihnen zusah, wie sie ineinander ertranken. Er und Lou, sie hätten miteinander hinuntergehen können als ein einziger kühler Leib, nur beschwert mit einem siedend heißen Stein, hinaus zu der ebbewärts ziehenden, weißlich-blanken, gänzlich verlassenen See, um nimmermehr aufzutauchen. Sie saß auf dem gemeinsamen Brautbett, nahe genug, um seinen Atem zu hören, und war jetzt weiter von ihm entfernt als vor ihrem Zusammentreffen. Damals hatte er alles von ihr gehabt, alles bis auf ihren Körper; nun aber hatte sie ihn zweimal geküßt, und alles war fort, bis auf jenen Beginn. Er mußte lieb sein und Geduld haben mit Mr. O'Brien. Er hätte das besitzergreifende, alte Grinsen mit eisernem Handrücken aus der Welt fegen können! Nur tiefer, nur tiefer, Harold und Marjorie, tummelt euch wie die Wale zu Mr. O'Briens Füßen!

Er wünschte sich, das Licht möge versagen. In der Finsternis hätten er und Lou unters Bettzeug kriechen und sich totstellen können. Wer hätte dort nach ihnen gesucht, wenn sie lautlos gewesen wären, totenstill? Die anderen hätten nach ihnen die schwindelerregenden Treppen hinuntergerufen oder nach ihnen gestöbert in der Stille der engen, vollgeräumten Korridore, oder wären hinausgestolpert in die Nacht, um nach ihnen zu suchen in dem Durcheinander aus Kränen und Leitern inmitten der Trostlosigkeit aus niedergerissenen Häusern. In der imaginären Finsternis konnte er Mr. O'Briens Stimme nachgerade hören: »Lou, wo bist du? Gib Antwort! Gib Antwort!« Und dann die hohle Antwort des Echos, »Gib

Antwort!« Und konnte ihre Lippen in der kühlen Muldung des Betts hören, wie sie insgeheim einen anderen Namen formten, ja konnte sogar ihre Regung verspüren.

»Ein sehr schönes Gesangsstück, Emerald, und sehr ungehörige Worte – so was nenn' ich mir einen Schäfer, jawohl!« sagte Mr. O'Brien.

Ernie, auf dem Boden, hub an, mit heiserer, verdrossener Stimme zu singen, aber Mrs. Franklin preßte ihm die Hand auf den Mund und er saugte daran und drückte die Nase dagegen.

»Und wie steht's mit diesem jungen Schäfersmann da?« fragte Mr. O'Brien, mit dem Glas nach dem jungen Mann deutend. »Kann er so gut singen wie in Liebe machen? Bitt ihn einmal recht lieb darum, Schätzchen«, sagte er zu Lou, »und er wird uns was vorflöten wie 'ne Nachtigall.«

»Kannst du singen, Jack?«

»Wie 'ne Krähe, Lou.«

»Kann er denn nicht einmal Gedichte aufsagen? Was soll das heißen, ein jugendlicher Liebhaber, der nicht einmal seiner Herzdame die großen Dichter deklamieren kann?« sagte Mr. O'Brien.

Lou holte aus dem Wandschrank ein Buch in rotem Einband, reichte es dem jungen Mann und sagte: »Kannst du uns eine Stelle draus vortragen? Der zweite Band ist in der Hutschachtel. Lies uns ein träumerisches Gedicht, Jack, es geht schon auf Mitternacht.«

»Einzig ein Liebesgedicht und sonst nichts«, sagte Mr. O' Brien. »Ich mag nichts anderes hören, nur ein Liebesgedicht!«

»Was Sanftes, Liebliches«, sagte Mrs. Franklin. Sie nahm die Hand von Ernies Mund und blickte zur Zimmerdecke.

Der junge Mann begann zu lesen, aber nur für sich, verweilte über dem Namen in der Widmung auf dem Vorsatzblatt des ersten Bandes von Tennysons Gesammelten Gedichten: ›Für Louisa, von ihrer Sonntagsschul-Lehrerin, Miss Gwyneth Forbes. Gott ist im Himmel, und alles ist wohl auf Erden.‹

»Du sollst ein Liebesgedicht auswählen, denk daran!«
Der junge Mann las jetzt laut, das eine Auge zukneifend, auf daß ihm die Druckzeilen nicht so vor dem Blick tanzten: *Komm in den Garten, Maud.* Und als er am Anfang der vierten Strophe angelangt war, erhob er seine Stimme noch vernehmlicher:

Zur Lilie sprach ich: »Einer ist's bloß,
mit dem sie gern glücklich will sein.
Wann werden die Tänzer endlich wir los?
Sie ist müde vom Tanzen, vom Schrei'n.«
Halb folgte dem sinkenden Monde ihr Troß,
Zur Hälfte dem tagenden Schein;
Laut über die Steine und leis durch das Moos
Rollt's hinweg fern – und wir sind allein.
»Die Nacht, sie geht hin«, so sprach ich zur Ros',
»Mit Schwatzen und Schwelgen und Wein.
O Jungherr, verliebter, was seufzest du bloß
um eine, die nimmer wird dein?
Aber mein, nur mein, so schwur ich der Ros',
Für immer, für ewig mein.«

Nach Beendigung des Gedichtvortrages sagte Harold plötzlich, den Kopf über die Armstütze des Stuhles gelehnt, die Haare zerrauft und den Mund mit Lippenstift verschmiert: »Mein Großvater hat Lord Tennyson noch mit eigenen Augen gesehen, sagt er, er war ein kleiner Kerl und hat einen Buckel gehabt.«
»Nein«, sagte der junge Mann, »er war hochgewachsen, trug langes Haar und hatte einen Bart.«
»Hast du ihn je zu Gesicht bekommen?«
»Damals war ich noch nicht auf der Welt.«
»Mein Großvater hat ihn gesehn. Er hat 'nen Buckel gehabt.«
»Aber doch nicht Alfred Tennyson!«
»Lord Alfred Tennyson war ein kleiner Kerl mit 'm Mordsbuckel.«

»Dann kann es sich nicht um den nämlichen Tennyson handeln.«

»*Dein* Tennyson ist der falsche, der da war der berühmte Dichter mit dem Buckel.«

Lou, auf dem herrlichen Bett, auf ihn allein wartend von all den häßlichen oder auch sympathischen Männern, den alten wie den jungen, inmitten der weiten Stadt und der engen Welt, die einmal in sich zusammenstürzen würde, senkte den Kopf, warf ihm eine Kußhand zu und hielt dann die Hand über den auf der Steppdecke hinfließenden Lichtstreif. Die Hand wurde durchscheinend für ihn, und das Licht auf der Steppdecke durchglühte beständig die zarte Form ihrer feingliedrigen Finger.

»Frag doch Mr. O'Brien, wie Lord Tennyson ausgesehen hat«, sagte Mrs. Franklin. »Wir appellieren an Sie, Mr. O' Brien, hat er nun einen Höcker gehabt oder nicht?«

Niemand, bis auf den jungen Mann, für den sie in diesem Augenblick lebte und auf den sie wartete, bemerkte Lous kleine Liebeszeichen. Sie preßte die glühende Hand an ihre linke Brust. Sie legte den Finger in schweigendem Einverständnis an die Lippen.

»Das kommt drauf an«, sagte Mr. O'Brien.

Der junge Mann kniff aufs neue das eine Auge zusammen, denn das Bett hob und senkte sich nun wie ein Schiff. Ein Übelkeit erregender, heißer Sturm aus einer Wolke Zigarettenrauchs brachte Wandschrank wie Kommode zum Wanken. Das Schlingern des Schlafzimmers sänftigte sich, als er schnell wieder die Augen schloß, aber er lechzte nach der Frische der Nachtluft. Auf Seemannsbeinen schritt er zur Tür.

»Das House of Commons findest du im zweiten Stock, den Gang hintenhinaus«, sagte Mr. O'Brien.

An der Tür wandte sich der junge Mann zu Lou herum, lächelte ihr zu mit all seiner Liebe, trug diese Liebe offen zur Schau vor der ganzen Gesellschaft und bewirkte damit, daß im Angesicht von Mr. O'Briens neidischen Blicken auch Lou

ihm zulächelte und sagte: »Komm bald zurück, Jack! Ich bitte dich! Du *darfst* nicht lange fortbleiben!«
Jetzt wußte jedermann Bescheid. Die Liebe war aufgegangen an einem einzigen Abend.
»Nur auf eine Minute, Liebste, und ich bin wieder bei dir.«
Die Tür fiel hinter ihm zu. Er stieß gegen die Wand des Korridors. Er riß ein Streichholz an. Drei verblieben ihm noch. Er glitt die Stufen hinunter, geklammert an die klebrig-wackeligen Geländer, schwankend über schaukelnde Dielenbretter, schlug sich das Schienbein wund an einem Eimer, schlich vorbei an den Geräuschen verstohlenen Lebens hinter den Türen, strauchelte und fluchte, immer Lous Stimme im Ohr, die ihn antrieb in erneutem Fieber, die ihn zurückrief, die zu ihm sprach mit solcher Leidenschaft und Hingabe, daß er sogar in der Düsternis und der Pein seines Hastens geblendet und festgenagelt war. Sie sprach dort auf den verfallenden Stiegen inmitten dieses Armeleutehauses, und es war ein erschreckender Strom aus Worten der Liebe, die aus ihrem Mund kamen und an sein Ohr drangen. Rascher, nur rascher! Jede Sekunde stirbt unwiederbringlich dahin! Geliebter! Angebeteter! Teurer! Lauf zurück und pfeif nach mir, reiß die Tür auf, schrei meinen Namen, leg mich aufs Bett! Mr. O' Brien hat seine Hand an meiner Hüfte!
Er hastete voran in eine Höhlung. Ein Zugwind blies ihm die Streichhölzer aus. Er taumelte in ein Zimmer, wo zwei Gestalten in schwarzem Haufen auf dem Boden miteinander flüsterten, und rannte in Panik davon. Er ließ sein Wasser ab am blinden Ende des Korridors und hastete zurück, nach Lou's Zimmer, fand sich zuletzt auf einem lautlosen Treppenabsatz stehen, am obersten Ende des Hauses. Er streckte die Hand aus, aber das Geländer war zerbrochen und nichts war da, den langen Sturz zu hindern, hinab den spiraligen Schacht, dessen Echo den Aufprall und Todesschrei vervielfachen würde, aufscheuchend aus ihren Mauerlöchern die schlafenden, die noch wachen Familien, die tuschelnden Gestalten, die blindlings von der Nacht zum Tag geschrocknen Geschöpfe!

Verirrt in einem Tunnel unterm Dach, tastete er längs der modrigen Mauer nach einer Tür. Er fand einen Türgriff und zog mit aller Kraft – aber der Griff blieb ihm in der Hand. Lou hatte ihn einen längeren Gang entlanggeführt. Er rief sich die Anzahl der Türen ins Gedächtnis: drei waren's gewesen, je drei auf jeder Seite. Er rannte die Treppenflucht mit dem defekten Geländer wieder hinunter, lief in einen anderen Gang und tastete sich mit der Hand an der Wand entlang. Drei Türen, so zählte er. Er öffnete die dritte, trat in die Finsternis und tastete nach dem Schalter zur Linken. Er sah in dem plötzlichen Licht ein Bett, einen Wandschrank und eine Kommode, an deren Schubladen die Griffe fehlten, einen Gasofen, ein Waschbecken in der Ecke. Keine Flaschen, keine Gläser. Kein Foto von Lou. Die rote Steppdecke auf dem Bett war glattgestrichen. Er wußte nicht mehr, welche Farbe Lous Steppdecke hatte.

Er ließ das Licht brennen. Er öffnete die zweite Tür, aber die Stimme einer fremden Frau rief aus dem Halbschlaf: »Wer ist es? Bist's du, Tom? Tom, dreh das Licht an!« Er sah einen schmalen Lichtstreif am unteren Ende der nächsten Tür und hielt inne, um auf Stimmen zu lauschen. Die Frau im zweiten Zimmer rief noch immer.

»Lou, wo bist du?«, rief er. »Gib Antwort! Gib Antwort!«

»Lou? Welche Lou? Da gibt's keine Lou«, sprach eine Männerstimme aus der offenen Tür des ersten, finsteren Zimmers am Anfang des Korridors.

Er hetzte eine weitere Treppenflucht hinab und zählte vier Türen mit seiner aufgeschundenen Hand. Eine der Türen ging auf, und eine Frau im Nachtgewand steckte den Kopf heraus. Darunter tauchte ein Kinderkopf auf.

»Wo wohnt denn eigentlich Lou? Wissen Sie, wo Lou wohnt?«

Die Frau und das Kind starrten ihn wortlos an.

»Lou! Lou heißt sie, Lou!« hörte er sich schreien. »Sie wohnt hier, in diesem Haus! Wissen Sie nicht, wo, in welcher Wohnung?«

Die Frau packte das Kind an den Haaren und zerrte es ins Zimmer zurück. Er hielt den Türrand fest. Die Frau griff rasch um die Ecke und schlug ihm mit einem Schlüsselbund die Hand herunter. Die Tür schmetterte ins Schloß.

Eine junge Frau mit einem schalumwickelten Baby stand in einer Türöffnung der gegenüberliegenden Gangseite und hielt ihn am Ärmel fest, als er vorbeihasten wollte. »Welche Lou? Sie haben mein Baby geweckt!«

»Ich kenn' ihren anderen Namen nicht. Sie ist zusammen mit Mrs. Franklin und Mr. O'Brien.«

»Sie haben mein Baby geweckt!«

»Kommen Sie 'rein und suchen Sie im Bett nach ihr«, sagte eine Stimme aus dem Dunkeln hinter der jungen Frau.

»Er hat das Baby geweckt!«

Er rannte den Gang hinunter, seine nasse Hand gegen den Mund gepreßt. Er stieß sich am Geländer der untersten Treppenflucht. Abermals hatte er Lous Stimme im Ohr, er mög' doch zu ihr zurückkommen, in eben dem Moment, als das Untergeschoß wie ein Lift voller Toter am Geländer heraufkam. Schneller! Schneller! Ich kann nicht, ich mag nicht mehr warten, die Brautnacht wird uns gemeuchelt!

Er kletterte die verfallenen schiefen und steilen Stufen wieder hinauf in all seinem Elend, bis zu dem Gang, wo er im hintersten Zimmer das eine Licht hatte brennen lassen. Das Licht war erloschen. An jede Tür klopfte er und flüsterte Lous Namen. Er trommelte gegen die Türen und schrie, und eine Frau, in Unterhemd und Hut, trieb ihn mit einem Spazierstock aus dem Gang.

Noch lange, lange stand er auf den Stufen, wartend, wiewohl da keine Liebe mehr das Warten lohnte, kein Bett bis auf sein eigenes – zu viele Meilen weit weg, als daß er sich hätte hineinlegen können. Nur der heraufdämmernde Tag verblieb ihm, seiner Entdeckung zu gedenken. Ringsum sanken die aufgescheuchten Bewohner wieder zurück in den Schlaf. Dann schritt er hinaus aus dem Haus und weiter zu dem verödeten Platz zwischen den ragenden Kränen und unter den lehnenden Leitern hindurch. Das Licht der einen, schwachen Laterne in dem rostroten Umkreis fiel auf die Ziegelhaufen und das zersplitterte Holz und den Staub – fiel auf all das, was einst Häuser gewesen waren, Häuser, wo die kleinen und kaum gekannten Leute dieser schmutzigen Stadt, die nie vergessen werden sollten, gelebt, geliebt, den Tod erlitten hatten, und – immer – als Verlierer.

Dylan Thomas

im Carl Hanser Verlag

Ausgewählte Gedichte
übersetzt von Erich Fried (1967)

Abenteuer in Sachen Haut
übersetzt von Alexander Schmitz
(Reihe Hanser Band 71, 1971)

Unter dem Milchwald
Ganz früh eines Morgens
Ein Blick aufs Meer
übersetzt von Erich Fried (1973)